ANOMALIE NEL METAVERSO

Mauro Iezzi

LO SPECCHIO CONVESSO
Anomalie nel Metaverso è il terzo libro
della trilogia *Lo specchio convesso*.
Ogni volume è autoconclusivo

Ogni riferimento a persone, fatti e luoghi citati è puramente casuale.
La trilogia "Lo specchio convesso" è opera di fantasia; immagini e riferimenti storici hanno il solo fine di conferire veridicità alla narrazione

Codice ISBN: 9798843405373
Casa editrice: Independently published

Mail M.I. adventures:
mi.innarone@gmail.com

TRILOGIA "LO SPECCHIO CONVESSO":
LION IL NOME CHE VOGLIO
LA CANNA PERFETTA
ANOMALIE NEL METAVERSO

MAURO IEZZI

ANOMALIE
NEL METAVERSO

LO SPECCHIO CONVESSO – VOLUME TRE

UN CONCERTO DA DIMENTICARE

Come definire quello che era appena accaduto nel nuovissimo *Metacentrum* di Austin? Strano, inspiegabile, orribile?

Nessuno avrebbe mai immaginato un epilogo così anomalo per un concerto carico di euforia ed energia, che si era svolto in modo del tutto regolare.

Il direttore dell'emittente locale *Today's mood* decise di interrompere il documentario in corso ed obbligò la giornalista a raggiungere la postazione.

La donna lasciò a metà il drink dissetante, riavviò le ciocche dei capelli con la mano ed affrettò il passo. Si sistemò al tavolo e sbirciò il foglio per sincerarsi se la notizia fosse mesta o gioiosa in modo da calibrare il tono di voce.

Letto il testo, si girò verso il direttore. "È una bufala!" esclamò senza rendersi conto di essere in onda, "prima di passare una cosa del genere occorre fare delle verifiche. Non voglio diventare bersaglio dei programmi satirici, sono un tipo preciso, ho lavorato alla *White Page Network* di New York prima che quell'arrivista di Bob Beau mi fregasse il posto!"

Dai segni disperati che gli inviava il cameramen comprese di essere in onda. Con grande professionalità si girò verso il puntino rosso e, ricacciando indietro l'incredulità, ripeté il testo memorizzato senza abbassare gli occhi per sbirciarlo. Così facendo poté omettere i dettagli raccapriccianti che le erano parsi inverosimili.

"Buona serata Austin dalla vostra Kelly. Interrompiamo la consueta programmazione per darvi una notizia appena pervenuta: si è da poco concluso al *Metacentrum* lo spettacolare concerto di Myskin, il cantante britannico che una decina di anni fa iniziò la sua carriera in America per poi essere apprezzato ovunque. Al termine dell'esibizione la rockstar è letteralmente sparita sotto gli occhi esterrefatti dei fan. Vi forniremo nuovi dettagli su questa incredibile vicenda a breve, non cambiate canale, tutte le notizie passano prima da noi!"

Myskin aveva preparato uno spettacolo memorabile,

nessun dettaglio era stato lasciato al caso.

Lo show era iniziato con il trailer del brano d'esordio convertito in bianco e nero, privato del sonoro e solcato da grossolani effetti glitch, tanto da far pensare ad un guasto tecnico piuttosto che ad una scelta stilistica.

Il cantante sbucò improvvisamente dallo schermo circondato da un intreccio di luci colorate che lo avvolsero in una carezza sensuale, stravolgendo ogni regola di propagazione.

Myskin iniziò a cantare senza accompagnamento musicale, sorprendendo tutti, nessuno applaudì per non turbare la magia del momento.

La voce si interruppe per un riff di chitarra devastante dalla foga crescente: Myskin, tutt'uno con la sua sei corde, improvvisò un assolo dall'acustica straordinaria. Dopo l'ultimo violento tocco lanciò un urlo e riprese a cantare con una intensità emotiva che arrivava al cuore ed alla pancia degli ascoltatori.

La voce divenne vellutata quando entrò l'orchestra, che il regista rese visibile alle spalle della rockstar. Subentrò il batterista che si accanì sui tamburi imponendo un brusco cambiamento ed il cantante concluse il brano con toni ruvidi e graffianti.

Dopo l'ultimo accordo Myskin si diresse tra urla ed applausi verso il bordo del palcoscenico per stabilire un approccio fisico con i suoi fan: l'entusiasmo esplose alle stelle.

Fedele all'immagine con cui amava presentarsi, la rockstar indossava l'immancabile outfit con tuta aderente in jersey lucido nero.

I brani che seguirono erano entrati da tempo nella colonna sonora della vita dei suoi fan, eppure conservavano una freschezza incredibile grazie a nuovi arrangiamenti ed alla forza interpretativa dell'eclettico Myskin che con la sua voce versatile riusciva a trasmettere un'infinità di emozioni: in pochi istanti passava dall'intima nostalgia alla bruciante disperazione.

Il cantante dava il meglio di sé durante i concerti dal vivo; instancabile e frenetico come un animale in gabbia, a piedi nudi percorreva il palco in lungo ed in largo, con la differenza che lui lo spazio scenico lo sentiva profondamente suo. Si muoveva con magnetica presenza senza creare confusione, lanciava indietro la folta chioma, con una mano assecondava il ritmo della musica mentre con l'altra avvicinava il microfono alla bocca. Una sorta di vezzo che aveva voluto conservare, dato che i captatori di suono miniaturizzati li avrebbe potuto fissare ai lobi delle orecchie come bizzarri orecchini.

Rispetto ai precedenti live c'era una sola differenza: Myskin era visibile in contemporanea sui palchi di più teatri della East Coast.

Il cantante si trovava a Boston o a New York, a Philadelphia o a Baltimora, a Washington o a Miami?

Difficile stabilirlo, nemmeno i giornalisti accreditati conoscevano il luogo dell'esibizione; non era stato rivelato per non affievolire la sensazione di presenza reale che l'artista desiderava trasmettere.

I curatori dell'evento erano stati instancabili e maniacali: in ogni teatro vibravano le identiche sonorità e gli impianti restituivano un ologramma talmente iperrealistico da poter esser scambiato per la star in carne e ossa, tant'è che i fan si alzavano spesso in piedi per applaudirlo, illudendosi di essere i privilegiati ad averlo tra loro.

In realtà Myskin era completamente solo su un palco che occupava un intero salone, mentre l'orchestra era stata sistemata in un ambiente semicircolare, dall'acustica perfetta, situato in un'altra ala dello stesso complesso.

La solitudine estrema era un vincolo tecnico da rispettare per evitare che si verificassero interferenze nel sofisticato impianto che permetteva di moltiplicare l'ologramma su più palchi teatrali con un effetto oltremodo convincente.

A beneficio del pubblico il regista mutava sovente la scenografia alle spalle del cantante. Al momento opportuno interrompeva la visione delle luci, che assecondavano il ritmo della musica, per mostrare l'orchestra nel suo insieme, o l'ingresso di qualche strumento. Privilegiava piatti e tamburi della batteria o la tastiera percorsa dalle dita affusolate, bianche e nervose del pianista. Appena entravano i violini li tralasciava, preferiva indugiare sui volti delle cinque ragazze ed in particolare sul bellissimo ovale di quella che occupava la posizione centrale.

Per aumentare il coinvolgimento o secondo i maligni per permettere alla star di riprendere fiato, ogni cinque pezzi veniva data la parola ad un giornalista.

Le brevi interruzioni si svolgevano tutte allo stesso modo: partiva un sottofondo musicale ricorsivo, Myskin girava le spalle al pubblico ed indirizzava lo sguardo all'avvolgente maxischermo che visualizzava la platea prescelta, affinché potesse interagire, come fosse sul posto, con l'intervistatore.

Quest'ultimo si poneva in piedi e muoveva una mano per attirare l'attenzione di Myskin, che prontamente gli volgeva lo sguardo, dando una riprova inconfutabile della simultaneità delle azioni.

L'ordine degli interventi era stato concordato, ma il contenuto era libero per non inficiare la spontaneità della conversazione, cosicché non mancarono domande imbarazzanti.

Essendo anche un apprezzato compositore Myskin vantava prestigiose collaborazioni con molti artisti, puntualmente seguite da altrettanti diverbi. La sua indole socievole si accompagnava ad una sincerità totale che infastidiva i colleghi, laddove rallegrava i cronisti in perenne ricerca di scoop. Anche in quella occasione la rockstar si mostrò del tutto trasparente.

Qualche giornalista, illuso dalla sua disponibilità, cercò di far scivolare la conversazione sulla vita privata, essendogli stati attribuiti diversi flirt. Myskin glissò le richieste con classe per evitare di coinvolgere le belle donne con cui si era accompagnato.

Il concerto si svolse secondo le aspettative e fu un vero successo, ma in chiusura accadde un fatto inspiegabile che lasciò senza parole tutti gli spettatori.

Pochi minuti prima che Myskin cantasse il brano inedito, che trainava la raccolta di prossima uscita, vi fu la pausa con la redattrice di una famosa testata londinese, scelta per concludere le interviste.

Lei ammise di essersi recata nel teatro di New York non

tanto per svolgere il lavoro di corrispondente, ma perché era una sincera ammiratrice del cantante. Come prima domanda volle sapere per quale motivo lui, rigoroso sostenitore dei concerti dal vivo, avesse deciso di utilizzare le possibilità offerte dalle tecnologie digitali.

"La fusione tra la condizione reale e quella virtuale ha raggiunto un livello di compenetrazione accettabile," affermò Myskin scrollandosi con una mano il sudore che colava dalla fronte, "non mi sto presentando con un avatar bamboleggiante, ma con il mio vero aspetto. Allo staff che mi ha supportato in questa impresa ho posto un chiaro limite: il mio ologramma non potrà essere utilizzato per ulteriori concerti, non essendo accompagnato dalla mia presenza fisica. Mi ripugna consegnare ai miei fan un avatar immortale da poter utilizzare anche quando sarò morto. Voglio trasmettere emozioni che possono aver luogo solo con il contatto diretto!

Ho dovuto sottostare ad un'unica rinuncia: a fine concerto non potrò gettarmi dal palco per venire sorretto dai miei fan! Piuttosto mi dica, lei come mi trova? Risulto convincente?"

Myskin si accoccolò protendendosi verso di lei, lanciandole il suo collaudato sorriso assassino. Si rialzò di scatto con un balzo ed allargò le braccia per mettere in risalto il fisico asciutto quasi fosse cibo da consegnare per una fusione totale, mandando in delirio i suoi fan.

La donna si affrettò a rassicurarlo, era ancora il suo sex symbol preferito; se gli avesse chiesto di seguirlo, reale o virtuale che fosse, avrebbe lasciato il suo attuale partner senza pensarci due volte. Dalla platea si sprigionarono risa miste ad un caloroso applauso.

L'intervento successivo più che una domanda si rivelò una supplica. La giornalista desiderava che il suo idolo smentisse alcune voci che circolavano nell'ambiente, ossia che avesse curato l'evento in modo così meticoloso per accomiatarsi dai suoi fan.

"Come mai questa lunga pausa? Negli ultimi anni non ha lanciato nuovi brani, né ha concesso interviste, ha abbandonato persino il suo blog.

Sono state fatte le ipotesi più strampalate, dalla crisi creativa alla malattia, nessuno è riuscito a spiegare il motivo del suo misterioso allontanamento. Il suo agente e la sua casa discografica si sono trincerati dietro un secco no comment.

Poi d'improvviso questo concerto in presenza olografica multipla: lo ha dato per risarcire i fan della lunga attesa, oppure perché ha deciso che questa è la sua ultima apparizione in pubblico?" chiese infine la donna con un tono di voce accorato.

Tutti volsero lo sguardo all'artista che esitava a rispondere, benché avesse avvicinato il microfono alle labbra. Il regista enfatizzò il momento proiettando alle spalle del cantante il suo volto in primo piano.

"Non è la presenza, ma l'assenza dell'oggetto amato, persona o cosa che sia, che lo rende ancora più desiderabile," affermò in modo sibillino. Accortosi del gelo in sala che l'affermazione aveva provocato, Myskin sospirò e rivolto al suo pubblico aggiunse: "Amo tutti voi, uno ad uno. So di occupare un piccolo angolo nel vostro cuore. Io non voglio più…"

Non terminò la frase, di colpo prese a cantare l'ultimo pezzo in programma come se avesse voluto rimuovere con la musica la forte emozione che aveva provato in quel momento di estrema sincerità.

Si trattava dell'inedito previsto in chiusura, perciò il silenzio divenne assoluto, occorreva percepire ogni parola per afferrarne il senso.

La musica era orecchiabile, ma il testo faceva trasparire una certa profondità di contenuto; immagini e situazioni evocavano riflessioni sui legami d'amore, vissuti ora con gioia, ora con sofferenza.

Il brano *Rebellious moments* era perfetto per le corde vocali dell'artista, non a caso ripercorreva lo stesso andamento di quello d'esordio: partiva vellutato e melodico per poi inerpicarsi su sonorità graffianti.

Raggiunto l'apice del parossismo, proprio sull'ultima strofa incalzante e grandiosa si verificò un fatto che lasciò sgomenti tutti i presenti: sembrò che una mano invisibile sollevasse ed accartocciasse l'ologramma del cantante, come fosse un limone da spremere fino all'ultima goccia.

Tutti pensarono che l'effetto scenico fosse voluto. Alcuni giovani presero ad applaudire calorosamente, ma smisero di colpo allorché dal groviglio deformato iniziarono a sprigionarsi schizzi di sangue in tutte le direzioni.

I giornalisti della prima fila si coprirono il volto con il braccio, ma nessuna goccia, essendo virtuale, andò a macchiare le loro teste. Si levarono urla di raccapriccio, poi il silenzio divenne assoluto: Myskin sembrava essersi dissolto nel nulla. Sul palco restava solo la sua tutina accartocciata nel sangue.

Dopo la strana performance, numerosi fan si misero ad aspettare che il loro idolo ricomparisse sorridente per i saluti finali, ma questo non accadde.

I suoi estimatori conoscevano a memoria il suo modo di accomiatarsi: si spingeva verso la linea del palco, poneva una mano sul cuore per poi aprirla verso i fan.

I bisbigli di sconcerto si trasformarono in un vocio agitato allorché fu evidente che l'attesa sarebbe stata vana: davanti ai loro occhi era accaduto qualcosa di anomalo.

In pochi istanti i cronisti accertarono che in tutti i teatri si era verificato l'identico finale e dopo alcuni minuti appurarono che Myskin si era esibito da un palco del nuovissimo *Center of the Metaverse* di Austin, da tutti chiamato *Metacentrum*.

A New York cominciarono a circolare strane voci, appena una delle violiniste riattivò il cellulare e rivelò alcuni particolari di quanto accaduto ad un'amica, che aveva assistito al concerto dal *Metropolitan Opera House*.

A differenza degli altri musicisti, lei conosceva l'ubicazione della sala dov'era allestito il palco del cantante.

Quando sullo schermo posto di fronte all'orchestra si era verificato l'inaspettato spappolamento, la ragazza si era diretta verso un'ala precisa dello stabile. Le sue colleghe si erano accodate, dopo aver poggiato i loro strumenti.

L'allontanamento delle cinque violiniste non era passato inosservato: dietro di loro si precipitarono il direttore d'orchestra, il batterista ed il pianista. In breve tutti gli strumentisti iniziarono a seguire la bella violinista lungo i bianchi corridoi del *Metacentrum*.

A vederli procedere così di fretta uno accanto all'altro, per via degli abiti scuri, parevano una biscia che scivola veloce tra i sassi chiari di un fiume.

I musicisti raggiunsero uno slargo del corridoio e videro il regista che sbarrava una porta a braccia allargate. Tutti compresero che l'entrata immetteva al palco del cantante.

Essendo arrivata per prima, la violinista era riuscita a sbirciare oltre il vano aperto prima che il regista richiudesse la porta e le rivolgesse uno sguardo di aperta disapprovazione.

Il giovane professionista comprese di non poter contenere l'orda che si avvicinava, cominciò a dare di matto, urlò al suo aiuto, al fonico, al tecnico delle luci ed al produttore del cantante, che gli erano vicini, di respingerla a mani tese.

Nel frattempo che il regista ed i suoi collaboratori trattenevano gli orchestrali, la violinista si mise a riferire all'amica, che si trovava nel *Metropolitan*, la scena raccapricciante che aveva intravisto: le pareti, il pavimento e le impalcature del soffitto sembravano quelle di un mattatoio dove era stato sgozzato un vitello, con la sola differenza che lì non c'era nessun animale!

Raccontò di aver scorto solo sangue grondante: nessun brandello di membra si trovava all'interno della stanza.

La ragazza del *Metropolitan*, per superare il vocio insistente, aveva attivato il viva voce. Un giornalista che le era accanto ascoltò il resoconto della violinista, ma lo ritenne del tutto inattendibile.

"Si tratta di una trovata d'effetto per aumentare le

vendite del nuovo disco," sentenziò Bob Beau, critico culturale della *White Page Network*, "è facile far svanire un ologramma, ma un uomo in carne ed ossa non può dissolversi."

La ragazza scosse il capo e disse: "Spero anch'io che le cose stiano come suppone, tuttavia la mia amica mi è parsa sincera e molto spaventata!"

"Chi ha morso il successo e lo ha perso è disposto ad eccedere pur di far parlare di sé," affermò l'uomo. Archiviato il siparietto, Bob Beau guadagnò l'uscita e si sistemò nella hall per effettuare il collegamento con lo studio centrale, dato che all'interno del teatro non era consentito effettuare riprese.

Quando il cameramen gli dette l'okay, iniziò a parlare a braccio senza essersi appuntato un promemoria.

"Qui New York, sono il vostro Bob Beau in diretta dal *Metropolitan*. Si è appena concluso il live di Myskin, pubblicizzato come l'evento musicale dell'anno, ma le domande che tutti si ponevano restano aperte: riuscirà il performer britannico a risalire la china dopo gli ultimi anni di declino? Rinverdirà i fasti dell'ormai lontano e sfolgorante esordio?

Solo i fan irriducibili seguitano a scatenarsi apprezzando la sua rabbiosa energia che gli aveva permesso di ritagliarsi una certa credibilità nel rap britannico ed in quello americano. La voglia di sperimentare lo ha poi ricondotto al punk rock, inframezzato ad accattivanti sonorità alternative.

Alla lunga le sue strane combinazioni hanno portato ad un connubio sporco che ha disorientato persino i fan più fedeli. Con un accanimento imbarazzante questa sera ha riproposto i suoi consueti cavalli di battaglia.

La musica è un campo aperto e non vige una rigida suddivisione tra i generi, ma nei pezzi di Myskin i mutamenti sono molteplici e bruschi, da rasentare un andamento schizoide. L'alternanza di rime aspre e dolci, diventa indigesto e provoca irritazione ai palati più fini.

Se si esclude la presenza olografica in più teatri, realizzata con una modalità iperrealistica diversa dalle sperimentazioni già viste, vere novità non ci sono state.

Rutilanti luci curve hanno avvolto la sua solita tutina fino al commiato finale totalmente privo di senso, a meno che l'egocentrico Myskin, in un guizzo di onestà, abbia voluto ammettere che per lui è arrivato il momento di scomparire dal panorama musicale.

In un lontano passato c'è chi ha rotto la chitarra, ma nemmeno le star del death rock e i punkettari più hardcore sarebbero mai arrivati a distruggere il proprio ologramma per provocare uno shock emotivo così disgustoso.

Una trovata spettacolare riuscirà a modernizzare la sua immagine? È sufficiente stupire per non annoiare?

Basterà un suggestivo bombardamento audiovisivo, che alla lunga diventa faticoso da sopportare, e qualche trovata finalizzata ad esaltare la sua straripante fisicità per nascondere i limiti della sua proposta musicale? Myskin riuscirà a tornare al successo o perlomeno a proporsi come l'headliner di un futuro evento musicale?

Discutibile la scelta di inframezzare i brani con interviste: hanno rallentato il ritmo serrato dello spettacolo. Myskin aveva bisogno di riprendere fiato?

Meglio avvalersi di un bravo conduttore che inframezzasse i brani con considerazioni di più largo respiro.

Gli interventi sembravano concordati, destinati ad aumentare l'amor proprio dell'artista, avevano lui per oggetto non la sua musica. Per inciso e senza alcun astio vi informo che non mi è stato concesso di rivolgergli alcuna domanda, benché sia il critico culturale ad aver ottenuto i più alti riconoscimenti nello scorso anno.

Per dovere di cronaca ricordo ai fan di Myskin, che non sono riusciti ad accaparrarsi il biglietto, che il concerto sarà riproposto in modalità tradizionale da alcune emittenti televisive della East Coast.

In conclusione, un live da dimenticare, un grande impegno finalizzato al nulla. Per il momento è tutto! Il vostro Bob Beau vi saluta dalla *White Page Network* e vi dà appuntamento al prossimo evento per scrivere insieme a voi una nuova pagina della nostra vita."

2

IL DETECTIVE MYLES
Center of the Metaverse, Austin, Texas

Nella centrale di polizia di Austin i telefoni iniziarono a squillare con insistenza.

Il primo a giungere sul luogo fu il dinamico Myles, Detective della omicidi dell'Austin Police Department. Come prima cosa lasciò un poliziotto a piantonare l'ingresso del *Metacentrum*, poi si fece largo tra gli orchestrali vocianti, accalcati nel piccolo slargo che immetteva nella sala dell'esibizione.

Myles li fece tacere e li costrinse a tornare nell'emiciclo dove avevano suonato.

Davanti a lui trovò il regista che invece di salutarlo lo bloccò con decisione. "Non entri, occorre dare la precedenza alla scientifica," disse l'uomo.

Il detective lo scansò a malo modo e spalancò la porta, ma dopo il primo passo si arrestò per non macchiare le scarpe di sangue, si limitò a scrutare il salone in tutte le direzioni. Del cantante non c'era traccia, sul pavimento, sulle pareti, sul maxischermo vi era una quantità impressionante di sangue fresco. Gli unici elementi presenti erano la tutina lacerata che Myskin aveva indossato, la sua chitarra sconquassata ed il microfono.

Myles richiuse la porta, pose mano alla radio hi-tech in dotazione ed avvertì la centrale affinché inviasse sul posto la squadra della scientifica ed un fotografo munito di drone per effettuare un rilievo accurato senza calpestare il pavimento.

"Mando anche un coroner per esaminare il cadavere?" chiese il poliziotto al centralino.

"Al momento non occorre, qui non c'è nessun corpo," precisò il detective, lasciando stupito il suo interlocutore.

"Cosa le avevo detto?" esclamò il regista con un tono che indispose il detective.

Myles lo guardò fisso negli occhi e gli domandò chi fosse e dove avesse nascosto il corpo del cantante.

"Sono Steven, regista dello spettacolo e futuro direttore artistico del *Center of the Metaverse*," disse il giovane con orgoglio, poi alzò le spalle, "non ho la più pallida idea di dove sia Myskin, è letteralmente svanito nel nulla!"

L'investigatore gli chiese dove si trovasse al momento della sparizione del cantante.

"Sono sempre stato in sala regia davanti ai monitor che danno una visione diretta di tutti i teatri collegati e di questa stanza che in pratica è il palco del concerto."

Corrugando la fronte, il regista aggiunse che aveva assistito alla medesima visione apparsa agli spettatori presenti nelle sale teatrali. "Ne so quanto loro, appena mi sono reso conto che qualcosa non andava mi sono precipitato qui insieme ad Eric, il mio aiuto, ai due tecnici, Trevor e Thorton, ed a Malcolm, produttore del cantante. Si trovavano tutti vicino a me in sala regia," concluse il regista indicando una porta che si intravedeva oltre lo spigolo del corridoio.

Il detective invitò i quattro uomini ad avvicinarsi e domandò se qualcuno di loro avesse lasciato la stanza nei minuti precedenti la sparizione.

"Siamo rimasti ai nostri posti per tutto il tempo," affermò Eric, l'aiuto regista, "inoltre posso garantirle che nessun malintenzionato è entrato nella sala dell'esibizione."

"Come può asserire una cosa del genere?" chiese Myles perplesso, "mi ha appena detto di non aver mai lasciato la sua postazione."

"Andiamo bene," esclamò Steven guardando il detective con aria di sufficienza "spero non le affidino il caso. Non caverà un ragno dal buco se prima non rinvigorisce le conoscenze sulle tecnologie informatiche!"

Myles aggrottò le sopracciglia per replicare, ma l'aiuto regista intervenne prontamente in suo soccorso: "Non c'è nulla di complesso da comprendere, saprà certamente che esistono molteplici varianti del metaverso e della realtà aumentata. Nel nostro caso specifico deve considerare che ogni cosa presente nel salone che faceva da palco è stata replicata fedelmente in tutti i teatri collegati.

Myskin è rimasto da solo durante il concerto, se un pipistrello avesse lasciato le arcate del ponte che scavalca il fiume Colorado avventurandosi lungo la canalizzazione della climatizzazione per poi volteggiare nell'aria della stanza dell'esibizione, lo avrebbero visto tutti gli spettatori presenti nei vari teatri.

Le signore avrebbero urlato terrorizzate: l'ologramma del pipistrello sarebbe sembrato talmente veritiero da far credere che la bestia fosse entrata nel loro teatro con l'intento di fiondarsi tra i loro capelli!"

Myles conosceva bene la colonia di pipistrelli messicani che attirava ad Austin molti turisti, arrivava in primavera e si sistemava sul ponte dell'Ann Richards Congress Avenue. Prima di rivestire il ruolo attuale aveva prestato servizio di vigilanza durante l'*Austin Bat Festival*.

"Mi sta suggerendo che per risolvere il caso occorre cercare qualcosa di estremamente piccolo che può infilarsi nelle condutture, tipo una Vespa boia?" domandò Myles aggrottando la fronte con scetticismo, poi precisò di essere stato punto proprio da una di loro. "Ho avvertito un dolore lancinante, al quale ha fatto seguito una reazione allergica di tutto rispetto, ma come vede non sono svanito nel nulla!"

Il regista Stevens lo guardò sprezzante. "Il mio aiuto ha solo asserito che se fosse entrato un criminale intenzionato ad uccidere Myskin lo avrebbero visto tutti! Tenga inoltre presente che per evitare interferenze nessuno conosceva l'esatta ubicazione della stanza dell'esibizione, tranne noi professionisti della cabina regia."

"Chissà quale strana anomalia si è verificata qui dentro!" esclamò Thorton, il tecnico delle luci, "incidenti sul palco ne ho visti diversi: improvvisi malfunzionamenti di apparecchiature, caduta di scenografie, corti circuiti, rottura di assi del pavimento. Mai avevo assistito ad una situazione così misteriosa ed orrida.”

Trevor, il fonico aggrottò la fronte. “Se questo liquido rosso appartiene al nostro amico è del tutto improbabile che possa essere vivo.”

Il detective annuì. “È sangue senza dubbio, ho già seguito diversi casi di omicidio, l’ultimo era piuttosto cruento.”

“È riuscito ad acciuffare l’assassino?” chiese il regista con voce scettica.

“Certamente, si trattava di un delitto passionale. Il caso era piuttosto intricato, vi erano diversi indiziati, la donna aveva molte frequentazioni, ma io ho rinvenuto dietro un cespuglio il machete con le impronte dell’assassino.”

“Non vorrei essere nei suoi panni; questo caso è ben più complesso non c’è il corpo della vittima, né ho intravisto armi,” disse il regista.

Myles gli lanciò uno sguardo contrariato. “Teme che non riesca a risolvere il caso? So come fare!”

Il detective si mise in contatto con la centrale affinché inviasse una squadra di rinforzo.

Dopo poco tempo diversi agenti si misero a sua disposizione.

Myles espose la situazione ed impartì ordini precisi: “Il custode nell’atrio mi ha garantito che non si è mosso dalla sua postazione e che non è entrato ed uscito nessuno; solo a fine concerto, attirato dalle urla, ha raggiunto questa zona.

I piani superiori sono chiusi; il palazzo è di nuova costruzione, al momento è in funzione solo il piano terra, tuttavia fatevi consegnare le chiavi e controllate con cura ogni corridoio e stanza. Ultimata l'ispezione recatevi dagli orchestrali, prendete i nominativi, aprite le custodie dei loro strumenti e verificate se contengono armi."

I poliziotti si dispersero per l'edificio nella speranza di rintracciare il corpo del cantante, l'arma del delitto e l'assassino.

Poco dopo arrivarono sul posto la squadra scientifica ed un fotografo munito di un sofisticato drone. Il detective li incaricò di compiere accurati rilievi e di prelevare campioni di sangue in più punti.

"Con voi cinque non ho finito seguitemi in centrale per stilare un verbale dettagliato," disse Myles con voce ferma rivolgendosi al regista, al suo aiuto, al fonico, al tecnico delle luci ed al produttore.

Il regista Steven lo apostrofò in modo sfrontato: "Siamo molto stanchi, possiamo vederci domani? Le abbiamo già riferito quel che sappiamo."

"Il mio non è un invito di cortesia, è un ordine!" precisò Myles facendo intendere che non ammetteva repliche.

Mentre lo seguivano, il regista si rivolse in modo ambiguo all'investigatore: "È certo di non tralasciare un aspetto fondamentale della sua indagine?"

Il detective Myles era un tipo piuttosto calmo, ma il modo di fare di quell'uomo lo innervosiva. "Cosa pensa stia trascurando?" domandò irritato.

Steven riprese a parlare con tono ironico: "Credo che lei non abbia visto il concerto."

"Preferisco fare attività sportive nel mio tempo libero," confessò candidamente Myles.

"Ignoro se sia appassionato di musica rock, ma non è

curioso di vedere cosa è successo negli ultimi minuti dello show?”

“Il cantante si è esibito in diretta,” disse Myles, “mi sta dicendo solo ora che c’è una registrazione?”

“Certamente, diverse emittenti radiotelevisive ne hanno acquistato i diritti,” asserì il regista, “tra poche settimane, come concordato, avrebbero potuto inserire l’evento nei loro palinsesti, a meno che il video non venga messo sotto sequestro.”

“Mi consegni subito la registrazione, costituisce la videocronaca di una sparizione avvenuta in diretta. È una prova, come tale va esaminata, etichettata e conservata. La visionerò con calma in centrale!” replicò in modo brusco il detective, mal sopportando di ricevere continui appunti e suggerimenti su come procedere nelle indagini.

Il produttore del cantante, Malcolm, fino ad allora era restato in silenzio, ma fu costretto ad intervenire venendo a sapere che si prospettava il sequestro della ripresa. Si dichiarò affranto per quello che si era verificato, ma fece altresì presente di aver investito tutti i suoi averi nel progetto ed avanzò la richiesta di poter onorare i contratti concordati con le emittenti televisive. “Le spese che ho sostenuto per l’affitto delle sale e delle attrezzature superano di gran lunga i ricavi della vendita dei biglietti,” ammise sconsolato, “potrò rientrare nel budget solo con gli introiti percepiti dai servizi audio streaming, la promozione televisiva è fondamentale!

Deve considerare che non si svolgerà il tour che Myskin effettuava per lanciare i nuovi pezzi: concerti tradizionali, interviste, ospitate nei programmi di intrattenimento.”

"Non posso garantirle nulla circa i tempi del dissequestro della registrazione! Le indagini devono fare il loro corso," replicò il detective, poi intimò al regista di consegnargli il materiale da visionare.

Il produttore, rosso in viso per la contrarietà che provava, stava per replicare, ma Eric, l'aiuto regista, lo tranquillizzò dicendo: "Il detective provvederà al dissequestro appena accerterà che non vi è stato un assassinio, ma si è verificata una misteriosa anomalia."

Myles annuì poco convinto ed Eric entrò in sala regia per recuperare la registrazione del concerto.

3

LA FATTORIA
Luogo isolato nei pressi di Austin, Texas

Buddy emise un breve guaito e lasciò la cuccia dove si rifugiava all'imbrunire. Si diresse verso l'ingresso ed allungò la zampetta per grattare ripetutamente la porta di legno. Si fermò di colpo per lanciare uno sguardo contrariato alla donna che incurante restava ai fornelli, intenta a preparare la cena.

Sophia non si distolse dalle faccende avviate e dall'ascolto della musica di sottofondo, che si fermava di tanto in tanto per la pubblicità e le notizie locali.

In quella giornata le interruzioni della emittente radiotelevisiva *Today's mood* si erano verificate con maggiore frequenza per dare spazio allo strano caso del cantante svanito nel nulla.

In mancanza di dichiarazioni ufficiali, i cronisti facevano sembrare rilevanti le scarne informazioni che riuscivano ad ottenere. Riempivano gli spazi vuoti con i racconti concitati degli orchestrali, pieni di dettagli impressionanti, per lo più basati sul passaparola.

Buddy comprese che Sophia non aveva intenzione di aprire la porta, contrariato sedette accanto a lei e prese a fissarla con uno sguardo interrogativo, emettendo di tanto in tanto deboli guaiti di disapprovazione.

"È inutile che ti agiti, il giorno è quello giusto," disse infine la donna chinandosi verso il suo muso, rivolgendogli uno sguardo affettuoso, "manca anche a me, ma domani ha un meeting importante ad Oslo, ha detto che questa settimana non sarebbe tornato a casa."

Per tutta risposta Buddy reclinò il capo da un lato per manifestare la sua perplessità, come avesse recepito il messaggio, ma non cambiò opinione, tornò dinanzi la porta ed iniziò ad abbaiare in modo insistente.

Sophia incuriosita decise di controllare: girò il pomello e lanciò uno sguardo fuori.

Le ombre della notte avvolgevano completamente la fattoria. La donna rivolse gli occhi al cielo privo del conforto lunare, ma tempestato da una miriade di stelle. Il loro dolce tremolio la rassicurò solo un attimo, dal dosso del viale alberato che conduceva all'abitazione emersero improvvisi i fari di un'auto.

Sophia fu presa dal panico, non aspettava nessuno. Chi aveva forzato il cancello posto sulla strada?

Si affrettò a rientrare in casa, ma Buddy svicolò lesto e si diresse all'esterno.

La donna spense la luce, le sembrò inutile girare la chiave, il malintenzionato avrebbe potuto facilmente rompere il vetro di una finestra ed intrufolarsi all'interno. Aprì l'armadietto posto al lato della porta ed imbracciò il fucile come una perfetta Calamity Jane.

Puntò la canna in direzione dell'uscio arretrando di qualche passo ed attese in silenzio che comparisse la sagoma dello sconosciuto.

"È questo il modo di accogliermi?" disse il giovane uomo appena accese la luce.

Lei poggiò l'arma e prese a balbettare: "Yanoda, figlio mio caro, avevi detto che questa settimana non saresti tornato. Io sono sola in casa ed ho avuto timore."

"Papà non è qui?" chiese il giovane mentre si chinava ad carezzare Buddy, che felice si lanciava con insistenza sui jeans del padrone appena ritrovato.

"In questo momento è su un aereo diretto a New York, mi ha garantito che avrebbe chiamato dall'albergo. Tu invece a quanto pare sei riuscito a liberarti dal prossimo impegno."

Il giovane alzò le spalle. "Purtroppo no, sono di passaggio, mi fermerò per cenare e poi andrò via."

"Mi fa piacere che tu sia venuto, ma non capisco… hai fatto tante miglia solo per salutarmi?"

Yanoda scosse il capo. "Ho un favore da chiedere a te ed a papà: potete ospitare un mio amico per qualche tempo?"

Sophia non riuscì a trattenere la contrarietà. "Qui sei sempre il benvenuto, puoi tornare quando vuoi senza dare preavviso. Questa è casa tua, ma sai bene che io e tuo padre desideriamo conservare la nostra privacy, non vogliamo vivere assediati dai giornalisti."

Yanoda non si scompose, abbracciò la madre e la baciò sulla fronte invece che sulla guancia, perciò lei comprese che a breve le avrebbe detto qualcosa di sgradevole.

Appena si staccò, Yanoda afferrò la rivista poggiata sul tavolo e le indicò la foto in prima pagina, commentandola in modo ironico. "Tu e papà non amate le attenzioni dei fotografi, mi spieghi perché sorridete soddisfatti sulla copertina di questo settimanale?"

"Non siamo mica due orsi, ma due intellettuali che amano lavorare in solitudine, per poi confrontarsi con gli altri. L'altro ieri nell'aula magna dell'università di Austin c'è stata la presentazione del nuovo libro di Samuel ed una rivista gli ha dedicato un articolo.

Nell'ambiente letterario è conosciuto con il suo nome ed apprezzato per quello che scrive. Se si venisse a sapere che è tuo padre, la sua vita cambierebbe radicalmente. La stessa cosa vale per me.

In pochi anni sei diventato il consulente di tutti i capi di stato, oramai le decisioni più importanti sono prese solo con il tuo consenso. Hai tutta la nostra approvazione ed ammirazione per ciò che fai e per la tua brillante carriera, ma vorremmo conservare la nostra privacy."

"So bene cosa si prova ad essere sempre al centro dell'attenzione e capisco il vostro riserbo, anche se in questo modo mi fate sentire un extraterrestre che non ha una famiglia alle spalle," esclamò il giovane corrugando la fronte, "il vostro atteggiamento è ad ogni modo contradittorio: non volete essere associati a me, pur avendomi sempre incoraggiato ad assumere il ruolo di leader per risolvere i problemi che affliggono il mondo.

Di questo ad ogni modo parleremo un'altra volta; ti sia ben chiaro che mi sono sempre attenuto al protocollo da voi stabilito per farvi visita e non intendo infrangerlo neppure questa volta. Non temere, la vostra privacy è al sicuro!"

Sophia, colpita dalle parole dure del figlio, domandò con tono preoccupato: "Conosco questo tuo amico?"

"No, ma forse lo hai visto di recente in televisione."

"Cosa ti è saltato in mente? Portare un personaggio apparso in tv che tutti conoscono qui a casa," esclamò Sophia palesemente contrariata, "già immagino i giornalisti davanti al cancello!"

"Stai tranquilla, nessuno sa della sua presenza," ribatté Yanoda in modo convinto.

"Dato che intendi ospitarlo, posso conoscere il suo nome?"

"Lion o almeno questo è il nome con cui preferisce essere chiamato," rispose il giovane con tono pacato.

Sophia sbiancò di colpo. "Lion? Quell'attore che finge di essere il celebre scienziato tornato dal passato, che ti ha dato dell'imbroglione davanti a tutti? Come puoi definirlo un tuo amico?"

"C'è stata baruffa tra noi, ma ci siamo chiariti, anche se continua ad essere diffidente nei miei confronti."

"So bene che i personaggi televisivi si scontrano ferocemente in diretta, poi a microfoni spenti prendono drink e si scambiano pacche sulle spalle dandosi appuntamento al prossimo match," asserì Sophia alzando la voce, "io comunque un soggetto così strano non lo voglio in casa mia."

Il volto di Sophia si era ricoperto di piccole rughe d'espressione, che rivelavano il suo carattere diffidente senza diminuirne la bellezza.

"Lui è uno normale!" sbottò il figlio, "non puoi considerarlo un tizio strambo: tutti sanno chi è!"

"Intendi tranquillizzarmi affermando che non è un astuto attore, ma proprio il genio del rinascimento italiano, insomma… lui è un trapassato?

In questo caso è bene che rammenti di quella volta che di passaggio a Kansas City tuo padre ci portò a visitare la Sallie House di Atchison."

Yanoda annuì, avendo ben compreso la preoccupazione della madre. "Non ritenevi veritiera la diceria che fosse infestata da presenze inquietanti. La definisti uno specchio per le allodole per turisti sprovveduti, ma comunque rifiutasti di visitarla.

Posso garantirti che Lion non ha nulla a che vedere con cose del genere. Non ti sto mettendo in casa uno spettro di cui aver paura. È un giovane come me, a volte è persino piacevole e spiritoso."

"Uno che ha già vissuto una vita intera ed è stato assente per più di cinque secoli, non lo si può definire un giovane di primo pelo," esclamò Sophia con tono volutamente beffardo.

"Lui ricorda gli avvenimenti della vita passata, ma non ha idea di dove sia stato nel frattempo," replicò Yanoda, "evidentemente esiste una cesura tra la condizione in cui si è trovato in questi secoli e quella esistenziale che conosciamo abitualmente."

Sophia scosse il capo. "È inutile che cerchi di rassicurarmi, mi stai facendo ancora più paura. Uno così non può essere considerato un nostro simile, in casa non lo voglio!"

"Lui è come noi, si porta addosso gli stessi misteri ed interrogativi che assillano tutti gli uomini della terra: Chi siamo? Da dove veniamo? Dove andiamo?"

"Se non ha da dare nessuna di queste informazioni, la sua presenza è pressoché inutile!" sottolineò lei con ironia.

"Ti facevo di mente più aperta: non ha risposte in questo campo, ma non per questo non ha nulla da dire. Mamma ti voglio bene, ma sei piena di contraddizioni!"

"Puoi dirmi dove sbaglio, cosa mi rimproveri?"

Il giovane le puntò il dito contro. "Quando ero un ragazzino, se alzavo il volume, ti precipitavi in camera urlandomi di infilare gli auricolari, ritenendo insopportabile la musica che ascoltavo e che, a tuo dire, turbava le vibrazioni positive presenti in casa.

Poi soddisfatta di aver zittito gli idoli di un ragazzino ti adagiavi in poltrona e ti riequilibravi ascoltando la musica dei morti!"

"Ma cosa stai dicendo?" esclamò Sophia allibita.

"A seconda dell'umore ascoltavi Gershwin, Sinatra o Armstrong, nel migliore dei casi ti fermavi ai Bee Gees.

Che dire poi dei film… se volevamo restare insieme dopo cena costringevi me e papà a vedere qualche commedia romantica preferibilmente in bianco e nero con gli interpreti principali tutti morti!"

"Mi spieghi cosa c'entrano i miei gusti musicali e filmici leggermente datati con la tua assurda richiesta?" disse Sophia alzando la voce.

"Ti sto solo facendo notare che hai sempre passato le ore più piacevoli della tua vita in compagnia dei trapassati."

"Mi sono limitata ad ascoltare vecchi vinili ed a guardare film originali, prodotti dell'ingegno umano! Ti risulta che mi sia mai immersa nella restituzione tridimensionale della fontana di Trevi per attirare su di me lo sguardo di Marcello?"

"Quisquiglie, la sua voce ti ha sempre emozionata. Intanto ti rifiuti di ospitare Lion, che è vivo e vegeto. A tutti gli effetti è un giovane uomo e come tale si comporta.

Non sarà di primo pelo, ma togliti dalla mente la baldanzosa barba bianca dell'autoritratto senile, la peluria sul viso è appena accennata e nel suo sguardo più che la saggezza prevale la sfrontatezza della gioventù; comunque, non temere, ripartiamo subito," disse Yanoda dirigendosi verso la porta con passo deciso.

Sophia gli si parò di fronte. "Stai affermando che il tuo amico vintage è in macchina qui fuori?"

Yanoda annuì. "Volevo avvertirti prima di farlo entrare, immaginavo che avresti fatto storie. Non gli dirò che lo hai rifiutato, inventerò una scusa, lo porto da qualche altra parte."

"Se è qui fuori, non mandarlo via, fallo entrare!" ribatté con vigore la donna.

Il giovane la guardò stupito, poi disse: "Mi hai appena detto che non lo vuoi tra i piedi!"

"Ignoravo che tu lo avessi già condotto qui. Non mi resta che assecondarti, sarò felice di accoglierlo!"

"Io le donne non le capisco," bofonchiò il giovane a bassa voce.

"Noi donne abbiamo una visione ben più articolata della vostra, non focalizziamo la nostra attenzione su una cosa sola alla volta. Non siamo rigide come voi maschi!”

“Non comprendo il senso della tua affermazione, ritieni che il modo di pensare delle donne sia molto diverso da quello maschile?”

“Hai presente un ramarro che si muove lungo il tronco di un albero, di certo ha adocchiato una preda da ghermire. Ecco il modo di pensare di un uomo è finalizzato ad uno scopo preciso, a volte rasenta l’attività predatoria. Per questa ragione siete intolleranti verso chi la pensa diversamente da voi e lo attaccate con durezza.

Una donna muove il suo pensiero come una farfalla che volteggia leggiadra sulla chioma di un albero in fiore, disponibile ad apprezzare ogni diramazione.”

Il giovane alzò le spalle. “Dal tuo discorso vien fuori che donne ed indecisione vanno a braccetto.”

“Ho detto ben altro: una donna prende in considerazione molti più punti di vista rispetto ad un uomo.

Vuoi un consiglio? Guardati intorno, scegli una donna che ti piace, smettila di fare lo scapolo d’oro e sarai in grado di cogliere le sfumature del pensiero femminile. Lei ti aiuterà ad apprezzare le mille sfaccettature della vita.”

“Se ci tieni a saperlo, ultimamente ho conosciuto una ragazza che mi incuriosisce, ma non penso rientri nello stereotipo che hai delineato, non la si può considerare una farfalla che svolazza di fiore in fiore, mi sembra piuttosto determinata.”

“Che aspetti a frequentarla?”

“Sono tentato di lasciarla perdere, lei è prevenuta nei miei confronti,” ammise il giovane, mordendosi il labbro, non essendo avvezzo a parlare dei propri sentimenti con la madre.

"Ti ricordo che il ramarro sei tu! Buttati!" disse Sophia sorridendo, "ora va e recupera il tuo giovanile amico."

Yanoda si diresse verso la porta canticchiando in modo ironico *"La donna è mobile"*, sforzandosi di imitare la voce tenorile di Pavarotti, altro estinto tra i preferiti della madre.

Prima di uscire si voltò e le disse: "Sono lieto che tu abbia cambiato idea, tuttavia visto che sei sola in casa, sistemerò l'ospite inatteso nel capanno. Era il mio rifugio preferito da ragazzo, l'ho ben attrezzato, non gli mancherà nulla."

Una volta fuori il giovane girò lo sguardo verso la bassa costruzione in legno, poco distante da casa. Si meravigliò: da una finestra filtrava la luce.

Cercando di non far trapelare alcuna emozione, Sophia si affrettò a precisare: "Deve averla lasciata accesa l'idraulico, in serata ha riparato il rubinetto del bagno che perdeva; andrò a spegnerla più tardi, tu non indugiare, fai accomodare l'imberbe in casa: niente capanno, è una persona di riguardo, lo sistemeremo nella camera degli ospiti, quella accanto alla tua."

"Come preferisci, devo tuttavia avvertirti," disse Yanoda con tono serio, strabuzzando gli occhi, mentre le afferrava i polsi, "mi raccomando, non dimenticarti di fargli trovare in camera un lenzuolo bianco ed un catenaccio di ferro e dopo la mezzanotte chiuditi in camera con doppia mandata!"

"Pensi di tranquillizzarmi ridicolizzando la mia fobia?" sbottò lei con tono offeso. Nel contempo cercò di mandare via il sorriso che le era affiorato sulle labbra.

Non voleva dare soddisfazione al figlio che aveva fatto esplodere con garbo la gabbia mentale che delimitava il suo orizzonte.

Allargò la bocca per sorridere solo quando lui si girò; aveva trovato assai buffa la visione della sua solare fattoria trasformata in un maniero scozzese con tanto di fantasma incorporato.

4

LA CENA

"La stanza è di suo gradimento? Questa è una rude fattoria texana, anche se è dotata di tutti i moderni confort non disponiamo di un letto a baldacchino come quello che lei aveva ad Amboise, riguardo alla cena non penso di poter competere con la raffinata cucina francese," disse Sophia rivolgendosi a Lion che aveva appena ridisceso la scala in legno che dalla zona notte conduceva al vasto soggiorno.

"Possiamo usare un tono più confidenziale?" chiese Lion, facendo finta di non aver percepito il tono ironico presente nella voce della donna, "mi piacciono le fattorie, sono nato ed ho trascorso l'infanzia in un casolare di Anchiano nei pressi di Vinci, questa è ben più accogliente, la mia stanza ha persino il bagno e dalla finestra c'è una vista molto bella. Il profumo dei campi, inoltre, ha risvegliato il mio appetito!"

"Se è così puoi accomodarti accanto al posto di capotavola riservato a mio marito," disse Sophia, cambiando tono di voce, "la cena è pronta, non ci resta che attendere che scenda mio figlio."

Poco dopo Yanoda li raggiunse a tavola e senza indugiare espresse un sonoro "Buon appetito!", mentre si sfregava le mani.

"Non aspettiamo il padrone di casa?" chiese Lion volgendo lo sguardo al posto apparecchiato vicino a lui.

"Mio marito si accomoderà a capotavola appena avrà raggiunto la sua camera d'albergo a New York. Iniziamo pure, ci farà compagnia a breve," precisò Sophia dando per scontato che Lion conoscesse le infinite possibilità offerte dalle tecnologie digitali.

"Lui cenerà con noi, pur trovandosi in un'altra città?" domandò Lion.

Sophia si affrettò a precisare che la presenza del padrone di casa sarebbe stata virtuale, avrebbe chiacchierato con loro senza gustare le pietanze.

Yanoda lanciò uno sguardo di sufficienza verso Lion, poi disse alla madre: "Non puoi pretendere che possa comprendere ciò che dici, le sue conoscenze risalgono a più di cinquecento anni fa!"

"Evidentemente ignori i miei scritti," replicò indispettito Lion, "la cosa non mi stupisce affatto, anzi l'avevo prevista!"

"Possedevi una palla di cristallo per sbirciare il futuro? Già… dimenticavo i romani ti chiamavano *il negromante fiorentino*," ridacchiò Yanoda.

Lion precisò che un bravo scienziato non ha a che fare con la magia, ma riesce a delineare gli scenari che attendono l'umanità, poi si sforzò di ricordare le parole esatte del suo scritto e le declamò con una punta di enfasi: *"Si parleranno, si toccheranno e si abbracceranno gli uomini, stanti*

Sophia era rimasta contrariata dagli sguardi strafottenti che si erano scambiati i due giovani. "Trasudate testosteroni aggressivi da tutti i pori, voi due siete amici o no? Vi state beccando come due galletti invaghiti della stessa gallinella."

Da buon ospite, Lion abbandonò per primo lo sguardo battagliero e rassicurò la donna: "Si è trattato di un semplice chiarimento, sono riconoscente verso tuo figlio che si è reso disponibile ad ospitarmi. Spero che il suo invito sia disinteressato e non intenda servirsi di me per realizzare un qualche suo scopo.

Ignoravo di essere diventato un personaggio universalmente noto e di godere di un certo credito."

"Mio figlio non intende usarti, non vuole fregiarsi della tua amicizia per accrescere il proprio prestigio: ti ha portato in un posto molto isolato, dove regna assoluta la privacy," disse Sophia per tranquillizzarlo, "qui potrai riassaporare ritmi di vita prossimi a quelli che conoscevi, deve essere dura per te, di colpo ti sei ritrovato in un mondo frenetico, molto mutato, addirittura in un nuovo continente del quale ignoravi l'esistenza."

"I cambiamenti non mi disorientano e con la mente mi sono sempre proiettato verso il futuro. Mi piace conoscere nuove realtà, devo tuttavia precisare che non ignoravo che oltre l'oceano vi fosse un nuovo mondo," disse Lion con tono fermo e pacato.

Yanoda annuì. "Mentre eravamo in volo Lion osservava dal finestrino il profilo della linea di costa rammaricandosi di aver raffigurato con troppa approssimazione il suo andamento. Incuriosito da quel che affermava ho fatto una breve ricerca in rete ed ho rintracciato un suo mappamondo. Su un uovo di struzzo ha disegnato con buona approssimazione i vari continenti; in pratica è suo il globo più antico che mostra il Nuovo Mondo!"

"Sapere dell'esistenza di un posto è ben diverso dal visitarlo," affermò la donna con convinzione, "insisto, non negare, mi sembri spaesato e nella tua voce avverto un velo di tristezza, è annidata nel profondo se non ne hai consapevolezza."

"Probabilmente sono un po' disorientato. Il giorno posso non pensarci, prevale la curiosità, il desiderio di vedere com'è cambiato il mondo, ma la sera, al diminuire delle luci, mi sento come un uccello che vaga nella notte buia. Non mi interessa ritrovare la strada di casa, un posto vale l'altro, ciò che conta per me sono gli affetti," affermò Lion guardandola negli occhi, "per me i sentimenti vengono prima di ogni cosa. Pochi giorni fa ero circondato dai miei amici a Close Lucé ed all'improvviso mi sono ritrovato solo."

Le parole sincere di Lion arrivarono dritte al cuore di Sophia. Aveva colto il vuoto affettivo che provava e con slancio manifestò la volontà di proteggerlo: "Qui sei il benvenuto, resta quanto vuoi, considerala casa tua, ho sempre desiderato avere un altro figlio!"

"Io le donne proprio non le capisco!" esclamò Yanoda tra il perplesso ed il geloso ritenendo eccessiva la disponibilità della madre; ben rammentava la sua reticenza nei confronti dell'inconsueto ospite.

Sophia stava per replicare, allorché a capotavola comparve l'ologramma del marito, che subito si rivolse al figlio con un tono di dolce rimprovero: "Non mi avevi avvertito della tua venuta, avrei ritardato la mia partenza di qualche ora. Ti ho riconosciuto dalla voce, mi giungono sagome molto sfocate. Voi come mi vedete? Spero che almeno mi sentiate…"

L'immagine tridimensionale si dissolse, Sophia si alzò di scatto e disse: "Salgo in camera, sopra il segnale è migliore, effettuerò una semplice chiamata vocale."

"Manderò una mail di protesta al gestore della piattaforma," disse Yanoda, piuttosto contrariato.

"Da quando si è verificata la strana anomalia del cantante scomparso, le comunicazioni virtuali sono molto disturbate," replicò lei, "sembra che siano in corso test e verifiche che causano effetti glitch del tutto innocui. In ogni caso non mi infastidisce il mancato collegamento, trovo più naturale ascoltare la sola voce di una persona lontana da me, l'importante è restare in contatto. Voi intanto iniziate la cena! Mi raccomando Yanoda sii gentile, servi il nostro caro ospite."

Lion seguì con lo sguardo la donna che saliva con passo lesto le scale… i conti non gli tornavano: Sophia per forza di cosa doveva essere prossima alla cinquantina, come faceva a conservare lo splendore della gioventù?

Nel frattempo Yanoda stappò una bottiglia e disse ridacchiando: "Fratellino, smettila di fissare le gambe di nostra madre. Non vorrai indugiare in pensieri incestuosi?

Sono un uomo anch'io ed ho ben compreso il tuo sguardo: ai giorni nostri le donne restano desiderabili molto a lungo. Concentrati piuttosto su questo bel rosso, non viene dalla tua Toscana, ma da un vitigno trapiantato nella Napa Valley!"

Lion, scettico, prese il calice ed annusò il ventaglio aromatico, poi sorseggiò il vino chiudendo gli occhi. "Buono, un po' sa di casa mia," approvò, facendo un'espressione compiaciuta.

"Come mai tua madre preferisce ascoltare solo la voce del marito invece che vedere la sua immagine?" domandò Lion non nascondendo un certo stupore.

"Il discorso è un po' complesso. Ti preciso che Samuel ha un bell'aspetto ed un sorriso aperto che affascina, è sempre a suo agio con tutte le persone e con le nuove tecnologie, mentre mia madre è piuttosto sospettosa. In particolare trova la presenza degli ologrammi che possono piombarti in casa quanto meno te lo aspetti alquanto innaturale. Ha mostrato un netto rifiuto fin dall'inizio, mi ha raccontato che i primi tempi non veniva restituita l'immagine reale di una persona, si aveva a che fare con degli avatar piuttosto brutti. Senza contare che occorreva utilizzare delle protesi per ottenere il collegamento. Lei non ha mai gradito indossare visori, le rovinavano la piega dei capelli."

"Mi sembra che le cose siano cambiate, non abbiamo infilato aggeggi ed ho avuto l'impressione che tuo padre si stesse accomodando a capotavola in modo piuttosto naturale."

"Ora è possibile trattare la stanza per avere un'esperienza meno artefatta, tuttavia mia madre conserva molte remore. Il fatto è che recentemente ha ricevuto uno shock."

"Se non sono indiscreto posso sapere cosa le è successo di tanto grave da restarne condizionata?" chiese Lion incuriosito.

Yanoda annuì, del resto sua madre non aveva mai fatto mistero della cosa. "Tutto è iniziato allorché si è ritrovata sotto casa di una collega d'università, una certa Isabel, che non rivedeva da qualche anno. Ha pensato di farle un breve saluto, dato che era rimasta vedova da poco tempo. L'ha abbracciata sull'uscio, ma lei ha insistito affinché si accomodasse in sala.

Con grande meraviglia ha trovato il marito dell'amica comodamente seduto in poltrona, intento a sfogliare sul tablet le ultime notizie di un quotidiano online. Mia madre ha sobbalzato, allorché l'uomo ha sollevato lo sguardo e le ha rivolto un caloroso invito ad accomodarsi. Poi ha ripreso tranquillo la lettura."

"Deduco che la notizia del decesso fosse infondata,"

affermò Lion.

"Invece sì, l'amica le ha spiegato che si era rivolta ad una società che aveva creato una piattaforma denominata *Metaverso del caro estinto*. Lei era rimasta molto soddisfatta del loro lavoro, le sembrava di avere il marito ancora accanto; inoltre non aveva speso molto, poiché l'ologramma si limitava a sfogliare con il dito il tablet e se percepiva la presenza di qualcuno lo invitava ad accomodarsi. Del resto era ciò che suo marito faceva abitualmente quand'era in casa."

"Allucinante, capisco perfettamente la reazione di tua madre."

"Aspetta non ho mica finito. Dopo un po' che erano in sala intente a gustare un rinfrancante ed audace Texas Tea, accompagnandolo con diverse tartine per stemperarne il tenore alcolico è sbucato un uomo, appena uscito dalla doccia, con un asciugamano rosa annodato in vita e ciabatte col ciuffo. L'uomo con grande senso dell'umorismo ha chiesto se anche per lui fosse previsto un drink stuzzicante.

Mia madre ha pensato di avere a che fare con un altro ologramma, tanto più che l'immagine era identica a quella di un ragazzo che la sua amica aveva frequentato prima di conoscere il marito. La loro relazione, basata sull'attrazione fisica, si era interrotta allorché lui non era riuscito a superare gli esami trimestrali. A malincuore il ragazzo aveva lasciato lei, l'università e soprattutto la squadra di football ed aveva preso a frequentare una scuola di polizia in un'altra città.

Mia madre guardò l'amica e le chiese con ironia se per

ottenere il bellissimo ologramma della sua fiamma giovanile si fosse rivolta alla ditta del *Metaverso del caro consolatore.*"

"Le cose stavano nel modo che aveva ipotizzato?" chiese Lion con curiosità.

"No, lui era proprio l'affascinante ragazzo di un tempo in carne, ossa ed asciugamano. Non era mutato per nulla, del resto era più giovane di loro e poi, da bravo sportivo aveva condotto una vita sana ed attiva. Dopo un istante di grande imbarazzo il tizio si è allontanato. È ripassato poco dopo con indosso la divisa blu dei Texas Rangers e si è scusato di non potersi trattenere a conversare, aveva ricevuto una chiamata urgente, doveva rientrare in centrale, purtroppo una giovane donna era stata uccisa a colpi di machete."

Sophia ridiscese dopo mezz'ora. "Scusate il ritardo," disse la donna, "mi spiace, vi siete dovuti servire da soli. Al telefono il tempo vola."

"Non capisco cosa abbiate ancora da dirvi tu e papà, non smettete mai di parlare, eppure vi conoscete da oltre trent'anni!"

Sophia si limitò a sorridere. "Sono tornata giusto in tempo per offrirvi una fetta di crostata ai mirtilli."

"Temevo non ci fosse alcun dolce, non ti avevo avvertita della mia breve visita; hai preparato la tua specialità a tempo di record!" disse Yanoda impaziente di assaporare il suo dessert preferito.

Il guscio di pasta frolla fragrante, perfettamente abbinato alla golosa farcitura coperta di succose palline, sprigionarono nella bocca di Lion una sensazione meravigliosa, mai provata prima.

Dopo cena Yanoda si accomiatò non senza aver ricevuto diverse raccomandazioni dalla madre. "Tutti apprezzano il tuo ruolo di supervisore e mediatore, riesci a mettere d'accordo cani e gatti, leoni ed agnelli, ma ti prego evita battute inopportune, sai bene che i politici non hanno il senso dell'umorismo.

Limitati a pianificare le linee generali, non ficcare il naso nelle ataviche situazioni che ogni nazione si trascina dietro. Non fare il Don Chisciotte che combatte contro i mulini a vento.

Se ficchi il naso nei serpai potresti diventare un facile bersaglio delle criminalità che agiscono nell'ombra."

"Vuoi che abbandoni il mio ruolo?" disse il giovane avvertendo molta preoccupazione nel tono di voce della madre.

Lei fece un rapido cenno di diniego. "Senza di te la follia distruttiva che penetra il mondo avrebbe già avuto il sopravvento. Gli unici fiori di cui potrei circondarmi sarebbero questi che vedi stampati sulla mia camicetta!"

Yanoda con fascino ed intelligenza era riuscito a fronteggiare le emergenze più complicate, facendo intravedere i vantaggi delle azioni da intraprendere.

"Tutti i governanti tengono in gran considerazione le mie linee guida e le mettono in pratica poiché temono di perdere l'appoggio del loro popolo, ma non sono del tutto soddisfatto dei risultati raggiunti. Devo essere più incisivo riguardo a certe problematiche."

"Promuovi una nuova visione del mondo, vedrai che le cose cambieranno," suggerì lei.

Yanoda non aveva bisogno di raccomandazioni, ma gradì ugualmente i consigli della madre per l'affetto protettivo che trasmettevano. "Hai dimenticato di chiedermi se ho messo in valigia la maglia di lana per il prossimo incontro sul clima artico che si terrà in presenza nella affascinante Oslo ancora innevata!"

Sophia, senza raccogliere l'ironia del figlio, proseguì il discorso avviato: "Evita i meeting nel metaverso, almeno fino al momento in cui si capirà che fine abbia fatto quel povero cantante. Le sue canzoni non rientrano nei miei gusti, ma sono dispiaciuta per quello che è successo."

Yanoda alzò le spalle, sapeva di non poter annullare il previsto meeting sul disarmo nell'*Hemisperic of the metaverse,* alla presenza di tutti i capi di stato. Vedersi in presenza in una sede concreta avrebbe scombussolato i calendari programmati e comportato uno sforzo organizzativo immane.

Dopo aver dato un caloroso abbraccio alla madre ed una pacca sulle spalle di Lion, il giovane si diresse all'auto.

Lion e Sophia dal terrazzino d'ingresso seguirono con lo sguardo la macchina che illuminava zona dopo zona il lungo viale finché non fu più visibile.

5
L'UOMO DEL CAPANNO

Lion lanciò uno sguardo al cielo nero tempestato di stelle. Fu attratto da un puntino luminoso che si spostava velocemente. "È una stella cadente!"

"Se vuoi esprimi un desiderio, quand'ero bambina lo facevo sempre," confessò Sophia, "ma ti informo che quella è una navicella spaziale che di tanto in tanto transita sopra le nostre teste. Se non vado errata al momento ospita un equipaggio di tre persone. Oramai nel cielo non ci sono solo stelle, ma migliaia di satelliti!"

Lion seguì incuriosito ed affascinato il puntino luminoso finché scomparve dalla vista. Sophia, ecologista convinta, storse le labbra preoccupata dell'inquinamento satellitare che non accennava a diminuire. Molti oggetti, lanciati da aziende private, ruotavano a meno di cinquecento chilometri dal suolo terrestre con il rischio tutt'altro che remoto di collisioni e creazione di piogge di detriti.

"Rientriamo, domani torneremo a riveder le stelle ed i

satelliti,” affermò lei, parafrasando Dante, il conterraneo di Lion, che avrebbe visto in cielo più astri meccanici che naturali.

“La loro costellazione è così vasta?” chiese Lion stupito.

“Decidi tu,” sospirò Sophia, “a partire dal primo Sputnik ne sono stati lanciati più di seimila.”

Una volta in casa, Sophia si rese disponibile ad accompagnare Lion al piano superiore. “Devi essere stanco, penso che tu voglia riposare. Dato che non hai una valigia, ti informo che nell’armadio trovi degli abiti che avevo preso per i miei due uomini. Loro non vanno per negozi, spesso ho acquistato vestiti che non sono piaciuti o fuori misura. Non li hanno mai indossati, prendi ciò che più ti aggrada. Ti procuro un pigiama di mio marito; mio figlio non ne ha mai infilato uno. Qui non fa mai freddo.”

“Non ne ho bisogno nemmeno io, come vedi sono di nuovo giovane! Se vuoi ti faccio compagnia mentre ceni,” disse Lion, “il tuo piatto è ancora intatto.”

“Berrò un bicchiere di latte, non ho appetito.”

“Ho capito, salgo in camera,” disse Lion affrettandosi a poggiare il piede sul primo gradino, poi si girò verso la donna e la guardò per un po’ senza aprir bocca.

Lion si trovò nel particolare dilemma che capita a tutti di tanto in tanto: tacere o parlare?

Ben sapeva che qualunque decisione avesse presa, avrebbe sbagliato e creato una situazione imbarazzante.

Amante della verità, decise di mettere le cose in chiaro: “Non preoccuparti non vi disturberò. Puoi farlo entrare prima che la pietanza si freddi del tutto.”

Sophia lo scrutò stupita. “Come lo hai capito?”

"Guardo con attenzione e dalle mie osservazioni ricavo delle deduzioni," rispose Lion in modo laconico, "prima di scendere dall'auto ho visto una luce accesa nel capanno, senza contare che tu, pur non essendo stata avvertita della nostra visita, avevi preparato una cena abbondante e squisita. Non è mancato nemmeno un buonissimo dolce!

Poco fa, mentre guardavamo le stelle, ho notato che lanciavi uno sguardo preoccupato verso il capanno. Tu non volevi far sapere a nessuno, nemmeno a tuo figlio, che c'era un altro ospite in fattoria."

"Chi pensi che nasconda nel capanno?"

Lion aggrottò le ciglia. "Di certo non si tratta di un ologramma acquistato nel *Metaverso del caro consolatore*. Il tuo misterioso ospite mangia!"

"Yanoda ti ha informato della mia gaffe con il detective Myles! Non amo che si parli di me in mia assenza, in ogni caso non è certo lui l'uomo del capanno. Visto che sei così perspicace posso sapere cosa stai pensando di me?" chiese Sophia senza far trapelare alcuna inquietudine.

"Io non penso proprio nulla, sono un ospite di passaggio e sono molto riservato. Qualsiasi cosa succeda in questa fattoria non uguaglierà di certo ciò che ho visto in casa del Moro quand'ero nel suo castello a Milano.

Ti ho informato della mia supposizione per mettere le cose in chiaro ed evitarti inutili stress, con me il tuo segreto è al sicuro, non mi devi alcuna spiegazione.

Non interferirò con i tuoi piani: resterò in camera a sfogliare le pagine web su un vecchio cellulare regalatomi da un'amica. In rete ho trovato un'infinità di notizie che mi riguardano. A differenza di te mi fa piacere che abbiano parlato di me mentre non c'ero, anche se a volte non mi ritrovo in alcune fantasiose descrizioni della mia sfera privata."

"Non mi resta che augurarti buona lettura," disse Sophia facendogli intendere di non voler fornire alcuna informazione sull'uomo misterioso nascosto nel capanno. Lion salì in silenzio la scalinata e raggiunse la camera. Aprì l'anta dell'armadio e dette un'occhiata agli abiti sulle grucce. Fu colpito da una camicia a scacchi dai colori accesi e da un paio di jeans a vita alta con un vistoso cinturone con una borchia di metallo, raffigurante la testa di un leone.

"Sembra fatta per me!" esclamò compiaciuto.

Indossò i capi, si guardò allo specchio e soddisfatto si sdraiò sul letto, senza spogliarsi.

Dopo pochi minuti Lion sentì bussare alla sua porta.

"Puoi rivestirti? Lui vuole vederti," gridò Sophia oltre la porta.

Lion incuriosito infilò un paio di stivali ed insieme alla donna scese la scalinata che immetteva nel salone.

Seduto a capotavola vide un uomo maturo dall'aspetto tonico e giovanile, intento ad assaporare le medesime pietanze che aveva apprezzato poco prima.

Dall'espressione soddisfatta comprese che aveva gusti simili ai suoi, prediligeva cibi preparati con cura, ma dai sapori ben identificabili.

L'uomo indossava capi semplici e raffinati, abbinati con sapienza.

Dal viso abbronzato comprese che passava del tempo all'aria aperta, mentre le piccole rughe che incorniciavano gli occhi raccontavano di notti insonni. Lo immaginò seduto ad una scrivania, assorto nella lettura, mentre con la mano scompigliava i capelli leggermente brizzolati per aumentare la concentrazione, ma poi i guizzi improvvisi dei suoi occhi luminosi gli fecero cambiare idea.

Comprese di avere di fronte un tipo deciso e dinamico, non certo un topo di biblioteca.

L'uomo alzò il capo e con un cenno della mano invitò Lion a sedergli accanto.

"Pensaci tu a presentarti, io non so come gestire questa situazione," disse Sophia rivolgendosi all'uomo con tono affettuoso e per nulla contrariato, "intanto preparo un buon drink after-dinner per passare del tempo in compagnia."

L'uomo apostrofò Lion con espressione burbera: "Che hai da fissarmi? Sophia mi ha accennato che sospetti che io sia il suo amante."

"Non ho mai detto o pensato questo," ribadì Lion con convinzione, "ho compreso che non ero il solo ospite in fattoria. Mia intenzione era tranquillizzarla e garantirle la mia discrezione."

"Hai comunque sospettato che stesse nascondendo un uomo nel capanno senza farlo sapere al marito!" disse l'uomo nel mentre masticava con gusto il boccone che aveva in bocca.

"Ti sbagli, so bene che il marito di Sophia è a conoscenza della tua presenza qui in fattoria."

L'uomo domandò come l'avesse intuito, intanto che versava nel bicchiere quel che restava della bottiglia di vino.

"Durante il breve collegamento che c'è stato all'inizio della cena, l'ologramma di Samuel ha detto di aver riconosciuto la voce del figlio e si è lamentato di vedere solo sagome indistinte. Ne ha di certo percepite tre, di sicuro mi ha scambiato per te."

"Mi complimento per il tuo acume," disse l'uomo con tono ammirato, "in effetti non mi sto nascondendo nel capanno, Samuel me ne ha concesso la piena disponibilità."

Lion scosse la testa. "Non credere che abbia compreso come stiano realmente le cose, il mistero permane."

"Cosa c'è che non ti torna?" domandò l'uomo.

"Tu hai deciso di incontrare me, che non ti conosco, mentre ti sei sottratto alla vista di Yanoda, che con molta probabilità ti conosce, eppure il marito di Sophia non ha trovato affatto strano vederti accanto a suo figlio."

L'uomo annuì, trovando acuta anche questa ulteriore considerazione. "Quando ho sentito l'auto arrivare ho capito che si trattava di Yanoda, lui ha le chiavi del cancello. Stavo per uscire per salutarlo, ma dalla finestra ho intravisto che non era solo, non sapevo con chi fosse ed ho preferito attendere. Sophia è molto intelligente, ha compreso la mia volontà di restare in incognito e l'ha rispettata."

"Perfetto," esclamò Lion, "mi dici perché ora hai cambiato idea ed hai voluto incontrarmi?"

L'uomo alzò le sopracciglia, come se dovesse iniziare un lungo discorso, ma Sophia lo stoppò al volo, rivolgendosi a Lion con leggera ironia: "Ora basta, i tuoi sofismi investigativi mi stanno facendo venire il mal di testa. Finora hai dato prova di grande perspicacia, d'improvviso il flusso dei tuoi pensieri si è arenato su uno scoglio? Non hai compreso che lui, al pari di te, è un *ghibellin fuggiasco*?

Siete nella stessa situazione, pertanto lui non ha nulla da temere da te! Tutti e due avete bisogno di un luogo appartato dove stare ed entrambi siete miei graditi ospiti.”

Sophia si domandò se avesse trattato con troppa durezza Lion.

Il problema risiedeva nell’ambivalenza con cui gli appariva, in particolare non riusciva a decodificare il suo sguardo sospeso tra candore e scaltrezza: Lion era un gattino spaesato da coccolare o un astuto e maturo felino da tenere sotto controllo?

Aveva infine deciso che lo avrebbe trattato come un suo coetaneo, nonostante l’aspetto giovanile.

Dopo aver ripreso in mano le redini della situazione la donna si rivolse ai suoi ospiti con un sorriso da perfetta padrona, che con gentile fermezza impone le regole della casa: “Dei fatti vostri, se vorrete, ne parlerete in privato. Io non so per quale ragione prima Samuel e poi Yanoda vi abbiano condotti in questo buco nascosto, fuori dal mondo, che io adoro e spero rimanga tale.

Non voglio conoscere i motivi che vi hanno portato fin qui! Ciò che mi importa è che vi troviate bene, perciò accomodiamoci sul divano, conversiamo del più e del meno mentre sorseggiamo il cocktail fresco ed agrumato che ho preparato per voi.”

Raggiunsero la zona della stanza dove erano sistemati dei comodi divani, la padrona di casa sintonizzò il grande schermo su un programma che stava dando la classifica dei videoclip più ascoltati in modo da avere un gradevole sottofondo per i loro discorsi.

Mentre assaporava la torta di mirtilli, l’uomo non poté

fare a meno di tessere le lodi di Sophia, cuoca perfetta e delizioso angelo del focolare domestico.

"Sono questi particolari che mi fanno rimpiangere di non essere ritornato ad Austin dopo aver terminato l'università. Non avrei dovuto anteporre la carriera a tutto il resto, l'anno che ho passato qui per il master fuori sede è stato il più bello della mia vita."

Lion arguì che l'uomo, che di tanto in tanto Sophia chiamava professore, evitando di pronunciare il suo nome, fosse un amico di vecchia data della coppia. Probabilmente avevano fatto parte della medesima comitiva nel campus di Austin. Ciò che i due si dissero in seguito consolidò le sue supposizioni.

"Sono stati bei tempi, eravamo giovani ed un po' folli," ammise la donna.

Il professore annuì convinto. "Ricordi le nostre escursioni in mezzo alla natura e la sera di quell'estate torrida? Dopo essere stati in discoteca abbiamo fatto il bagno completamenti nudi nel lago Travis e poi abbiamo corso lungo la sponda per asciugarci in fretta."

"Ora non potremmo più, a parte i chili di troppo, il posto è molto frequentato," disse Sophia arrossendo, "avevamo formato una bella comitiva, io e Samuel abbiamo sempre sperato che tu ti stabilissi qui, per non dire di Isabel: lei ti ha aspettato a lungo prima di uscire con altri ragazzi. In seguito ha conosciuto l'uomo che poi è diventato suo marito, un tipo molto tranquillo, amante della quiete domestica. Una volta mi ha confessato che rimpiangeva la tua vivacità, ad ogni modo ha avuto un matrimonio felice, lui era molto affettuoso."

"Hai detto *era*?" disse il professore irrigidendo la schiena e poggiando il bicchiere di colpo.

"È mancato da poco."

"Ora è troppo presto, ma in seguito mi piacerebbe rivederla," disse l'uomo con un tono di voce calda, "inviami il suo nuovo numero sul cellulare, quello vecchio non risulta attivo da tanto tempo."

"*Movesi l'amato verso la cosa amata, se la cosa amata è distante, l'amante si fa scattante,*" canticchiò Lion alterando il testo di un suo componimento, con una spontaneità che obbligò Sophia ad intervenire. "Vado a tagliare un'altra fetta di torta. Lion mi daresti una mano?"

Quando furono lontani, Sophia lo apostrofò a bassa voce: "Che tu sia intelligente l'ho compreso: sai perfettamente di chi stiamo parlando, vero?"

Lion annuì. "Il professore ha nostalgia di Isabel, che ora si vede con il detective Myles, pur rimpiangendo il marito a tal punto da aver sistemato il suo ologramma in salotto come un decorativo filodendro."

"Per il momento ti prego di tacere," lo supplicò Sophia, "di sera ho sempre evitato di dare brutte notizie ai miei ospiti, non voglio che siano assaliti dalla tristezza."

"Rispetto la tua decisione, ma ti faccio presente che la pena può essere maggiore se lui appurerà la cosa senza la tua mediazione!"

La serata dell'improvvisata compagnia stava per concludersi piacevolmente con un ultimo drink e quel che restava della crostata di mirtilli, allorché il conduttore del programma musicale richiamò l'attenzione annunciando con enfasi il brano primo in classifica di ascolti: *Rebellious moments* di Myskin.

Le prime note cominciarono a scorrere lisce come miele, la musica si impastava melodiosa alla voce del cantante, ma poi le sonorità si aggrovigliarono sempre più e costrinsero Sophia a metter mano al telecomando prima che degenerassero in un frastuono infernale.

"A me piace un sacco," protestò il professore ricreando con le mani l'assolo della chitarra che annunciava il cambiamento ritmico. Per dovere di ospitalità Sophia fu costretta a sorbirsi l'ultimo minuto del pezzo che faceva sembrare celestiali le composizioni aggressive degli artisti più furenti, trasmesse fino ad allora.

Sulla sigla finale del programma il Dj invitò a non cambiare canale per conoscere le ultime informazioni sulla sparizione del cantante.

I tre restarono in attesa; dopo la sigla dell'edizione notturna del telegiornale la giornalista Kelly augurò una splendida serata ai telespettatori dell'emittente *Today's mood* di Austin.

"Veniamo alla notizia del momento," esordì la donna con un tono di voce particolarmente ironico, "pare proprio che il detective Myles, incaricato delle indagini non riesca ad imbroccare la pista giusta.

Come ricorderete ha emesso un fermo per il regista, il suo aiuto ed i due tecnici. A suo dire i quattro uomini erano i più vicini al luogo del crimine, poiché la stanza della regia è attigua alla sala dove si è esibito Myskin. Secondo il detective hanno avuto un comportamento sospetto bloccando gli orchestrali ed anche quando è intervenuta la polizia hanno cercato di rallentare le operazioni.

A capo del gruppo criminale vi sarebbe proprio il regista Steven. A detta del detective, avrebbe eliminato il cantante facendolo saltare in aria con dell'esplosivo nascosto nell'abito di scena, miscelandolo ad un acido in grado di dissolverne i resti."

Il contributo video, partito senza essere stato annunciato, smentiva in pieno la ricostruzione del detective, presentandola lacunosa e fantasiosa al limite del ridicolo.

All'avvocatessa Layla, nominata dal regista, venne dato molto spazio, il cameramen indugiò sul suo viso che per grinta e bellezza forava lo schermo. Lei fece notare che il suo assistito aveva fatto solo ciò che era necessario. Dopo essersi affacciato nella stanza dell'esibizione, arguendo che fosse successo qualcosa di irreparabile, ne aveva impedito l'accesso per evitare che il luogo venisse contaminato.

La donna si mostrò particolarmente beffarda nei confronti dell'investigatore: "La tutina di Myskin è più aderente del body che indosso. Credetemi non ci si può infilare nulla, se occorre mi sacrifico a beneficio dell'indagine: sfido il detective Myles a ficcarci qualcosa."

Il reporter le chiese che idea si fosse fatta del caso: "Non credo abbia soluzione semplice, si presenta come un enigma. Il delitto che si consuma in una camera chiusa non si verifica mai nella realtà, tanto meno se la stanza è replicata olograficamente e vi sono centinaia di occhi che osservano la scena in diretta. Qualche raro caso lo possiamo trovare nei gialli di qualche scrittore. L'inizio dei loro romanzi è quasi sempre interessante, ma l'epilogo è per lo più deludente: ipotizzano la presenza di zombie, vampiri, demoni giapponesi o qualche rapimento alieno. Non escludo che possano verificarsi crimini misteriosi, ma non credo nel delitto perfetto, inoltre apprezzo troppo la dimensione razionale, non è il caso di abbandonarla, nemmeno in questa circostanza.

Devo dare atto al detective che per il momento ha mantenuto i piedi per terra, anche se ritengo ingenua la pista della tuta imbottita di esplosivo."

"Vuole suggerirgli qualche consiglio utile all'indagine?" la incalzò il reporter.

La donna annuì, ma poi scosse il capo. "Temo che prima o poi possa avanzare l'idea dell'autocombustione o peggio ancora che faccia ricorso alla sedicente maga Melma. Questo farebbe ripiombare il caso nell'assurdo!

L'investigatore Myles, molto apprezzato per le sue performance sportive, farebbe bene a chiedere la collaborazione di esperti in informatica, ad Austin non dovrebbero mancare, la chiamano Silicon Hills! Si è consumato un crimine nel metaverso, l'indagine va svolta su due livelli: reale e virtuale."

"Che vipera acida, quella lì di dolce ha solo il nome!" esclamò Sophia, non riuscendo a trattenersi dal commentare le dichiarazioni dell'avvocatessa, "sta facendo passare il povero poliziotto per un belloccio inconcludente!"

Nell'inquadratura successiva compariva proprio il detective che alla esplicita domanda del reporter, su quali piste stesse battendo, si trincerava dietro un laconico no comment: "Non mi è possibile fare rivelazioni, per non compromettere l'iter investigativo."

Il giornalista chiese se l'indagine si fosse arenata ad un punto morto.

"So come muovermi," ribadì Myles alquanto imbronciato. Mentre si allontanava, il giornalista lo raggiunse per rivolgergli un'ultima domanda: "Nell'interesse del nostro pubblico abbiamo contattato diverse società che hanno costruito le loro fortune nel metaverso. Dichiarano che le loro tecnologie sono ampiamente collaudate e certificate, non hanno nulla a che fare con l'applicativo sperimentale impiegato nello show di Myskin. Vuole rivolgere qualche raccomandazione ai nostri telespettatori, molti di loro sono frequentatori abituali di varie piattaforme virtuali, è il caso di evitarne alcune?"

Myles seguitò a camminare… dallo sguardo perso nel vuoto che lanciò verso la telecamera prima di entrare in macchina tutti compresero che non ne avesse idea.

Nel salotto della fattoria avevano seguito con interesse il servizio. Il professore non esitò ad afferrare il telecomando per effettuare un fermo immagine sul volto disorientato dell'investigatore. "Ho intenzione di mettermi a sua disposizione, come ha arguito l'avvocatessa ha bisogno di un esperto che lo affianchi nelle indagini," affermò con determinazione.

"Sei un esperto in informatica?" si lasciò sfuggire Lion.

Il professore lo guardò con aria ironica e disse: "Non puoi immaginare quanto!"

Sophia scosse il capo, doveva tentare di far desistere il professore dal suo proposito, ben sapendo che il detective Myles era da poco diventato il nuovo compagno di Isabel, la donna con cui lui intendeva riallacciare i rapporti.

"Non è una buona idea, Samuel mi ha raccomandato che per qualche tempo è opportuno che tu non ti faccia vedere in giro. La vicenda del cantante comincia ad essere seguita a livello nazionale e persino oltre oceano, se affianchi il detective nelle indagini la tua immagine comparirà su tutti i giornali del mondo."

"Non potrò nascondermi all'infinito," disse il professore con convinzione, "in cambio del mio aiuto Myles potrebbe procurarmi una nuova identità, con qualche accorgimento potrei riprendere le mie attività qui ad Austin con una certa tranquillità. Da sempre l'America offre una seconda chance, inizierò una nuova vita, magari accanto ad Isabel!"

Nessuno dei presenti se la sentì di raffreddare l'entusiasmo del professore, i cui occhi avevano preso a brillare sotto l'effetto del sogno americano come quelli di un turista appena giunto a Las Vegas.

Vista l'ora tarda, dopo aver indicato ai suoi ospiti la vetrinetta dei liquori, Sophia decise di ritirarsi in camera.

6

A PIEDI NUDI NEL METAVERSO

"Che desolazione," esclamò il professore guardando la vetrinetta dal misero contenuto, "nemmeno un London Dry Gin. Senza un bel bicchierino serale tarderò a prendere sonno."

"Neanch'io ho voglia di dormire," disse Lion, "se vuoi possiamo restare a chiacchierare ancora un po'."

"Non è una buona idea, la camera matrimoniale di Samuel e Sophia si trova in cima alla scalinata, spostiamoci nel capanno, lì non la disturberemo."

I due uomini varcarono l'uscio, li accolse la notte con i suoi profumi intensi. Buddy, che fino ad allora era rimasto sdraiato col muso poggiato sul tappeto e gli occhi mobili intento a cercare di comprendere i loro discorsi, prese a seguirli senza essere stato invitato. Di tanto in tanto rivolgeva uno sguardo interrogativo ai due uomini, per appurare se la sua presenza fosse benaccetta, per rassicurarlo Lion gli carezzò il capo.

La gradevole temperatura primaverile li portò a

rallentare il passo. Lion si mise a scrutare il cielo, le stelle gli parvero fredde e distanti.

Il professore notò che lo sguardo del giovane si spingeva lontano, fino a perdersi nello spazio profondo.

"Non mi dire che non ti sei riambientato," disse l'uomo per riportarlo alla realtà, "ti facevo più adattivo, hai cambiato spesso dimora, con la mente aperta alle novità. Dal due aprile che sei tornato dovresti sentirti di nuovo a tuo agio."

"Come fai a conoscere la data esatta dal mio ritorno? Tu mi stai nascondendo qualcosa!" esclamò Lion con voce agitata.

"Calmo, abbiamo tutta la notte per parlarne. Risponderò alla tua domanda in seguito," disse l'uomo, "dimmi piuttosto, ti sembra strano trovarti di nuovo qui?"

Dal tono pacato del suo interlocutore Lion arguì che avrebbe ricevuto i chiarimenti che pretendeva; decise pertanto di assecondarlo.

"Il mio distacco è apparente, non ha origine dal disinteresse per quello che mi sta intorno, ascolto ed osservo, ma nel contempo seguo il flusso dei miei pensieri."

"Nel tuo sguardo perso verso la nube di Oort ho letto tanta malinconia."

"Anche Sophia ha avuto la tua stessa impressione," ammise Lion, "dirò a te ciò che ho detto a lei: mi piace ritrovarmi immerso nell'avventura umana, solo mi rattrista il non vedere i volti degli amici cari, ho ancora nelle orecchie il timbro delle loro voci."

"È mai possibile che in questo pur breve lasso di tempo

tu non sia entrato in sintonia con nessuno?" chiese il professore con sincera partecipazione.

"Katherine, la dottoressa che ha accompagnato il mio risveglio, è per me una presenza amica: non mi ha mai considerato la cavia di uno stravagante esperimento scientifico."

Il professore scoppiò in una risata fragorosa che ruppe il silenzio notturno: "La bella Katherine a quanto pare seguita a mietere vittime! Non c'è uomo che le si avvicini che non resti intrappolato nel suo sguardo apparentemente indifeso."

Lion sussultò. "Come mai conosci il suo nome? A te non piace?"

"Nell'ambiente scientifico londinese ci conosciamo un po' tutti, la apprezzo per la sua preparazione," affermò l'uomo restando sul vago, "quanto alla sua avvenenza non l'ho mai presa in considerazione. Potrebbe essere mia figlia, più di un bacio in fronte non riuscirei a darle. A me è rimasta nel cuore Isabel, nonostante le nostre strade si siano separate ed io abbia avuto alcune avventure. Piuttosto tu, non è che continui ad essere sessualmente disorientato, tra i tuoi desideri ora metti pure le ragazzine?" concluse il professore con tono apertamente canzonatorio.

"Questa osservazione potevi evitarla! Katherine è un'amica e poi, se tu ignorassi che vengo dal passato come mi considereresti?"

"Un bel giovanotto!" esclamò il professore senza pensarci due volte, dopo averlo riguardato un secondo.

"E allora perché trovi strano il mio comportamento?"

"Prendi fuoco facilmente, ti facevo più posato.

Cercherò di farmi perdonare la battuta di poco fa: ti farò incontrare la tua amica," disse il professore per rabbonirlo.

"Prendiamo l'aereo, torniamo nel vecchio continente?" domandò Lion alquanto disorientato.

L'uomo fece un cenno di diniego, aggiunse che si sarebbe dovuto accontentare di incontrarla nel metaverso.

Mentre si dirigevano verso la struttura di legno, Lion pretese dei chiarimenti: il professore era informato su molte cose che lo riguardavano, non solo conosceva la data esatta del suo ritorno, ma anche la bella dottoressa che lo aveva assistito!

L'uomo non rispose alle sue insistenti domande, guardò lo smartwatch dall'innovativo design che aveva al polso ed affermò che non potevano perdere tempo: "Tenendo conto del fuso orario Katherine sta per recarsi in clinica. Se vuoi vederla dobbiamo far presto."

Accompagnati dai richiami degli uccelli notturni e dal rumore dei loro passi, che s'erano fatti più lesti, raggiunsero il capanno. Lion varcò la porta e non poté trattenere lo stupore: l'ambiente più che la rimessa di una fattoria aveva l'aspetto di un laboratorio in allestimento. Il tavolo centrale era coperto di strumenti che Lion non conosceva, mentre contro le pareti vi erano grandi scatoloni ancora chiusi.

"Ti piace?" chiese il professore con una punta di orgoglio, "sto apprestando il mio nuovo studio. Molta roba è ancora negli scatoloni, ma alcune cose le ho già montate. Ho preferito sistemarmi nel capanno per avere a disposizione un grande spazio."

"Cosa devo fare per incontrare la mia amica?" domandò Lion senza riuscire a nascondere l'eccitazione.

Il professore lo invitò ad entrare in una stanzetta dalle pareti curve, ma prima pretese che Lion si togliesse gli stivali, non voleva sassolini del vialetto sulla moquette.

Lo fece accomodare sul divano posto al centro e gli intimò di comporre il numero della dottoressa sullo smartphone. "Appena risponde, se è disposta e non si trova sotto la doccia, dille di inviarti le sue coordinate precise. Quando le ricevi premi il pulsante rosso che trovi sul piccolo marchingegno posto a lato della tua seduta. Non devi fare altro, se il segnale è buono avrai l'impressione di essere accanto a lei nel suo salotto. Naturalmente tu resterai qui, perciò non ti spostare per la stanza, se non vuoi dar testate contro la parete curva."

Lion assentì, anche se dubitava che quell'ambiente claustrofobico e buio potesse fornirgli sensazioni simili a quelle reali.

Il professore lesse la perplessità sul suo volto. "Provare per credere! Questa esperienza non ti deluderà, ho apportato diversi aggiustamenti alla tecnologia in uso. Ti sembrerà di poter toccare con mano la tua amica, ma non cercare di abbracciarla, per forza di cose ho dovuto rispettare il protocollo in vigore su tutte le piattaforme: c'è una sorta di bolla attorno alle persone per evitare situazioni non volute.

Sappi che io ho disattivato la protezione, ma dubito che la tua amica voglia farlo, del resto, senza munirsi di un abbigliamento speciale, si avverte solo un leggero attrito."

Mentre chiudeva la porta il professore esitò, poi decise di fare un'ulteriore precisazione: "Sentiti libero di dirle ciò che vuoi, il box è isolato ed areato. Sappi che ho offuscato le nostre coordinate, mi raccomando non fare alcun cenno su di me e sul posto dove siamo, capito?"

Memore delle raccomandazioni ricevute da Sophia sulla volontà di conservare la privacy, Lion assentì ed eseguì i semplici passaggi necessari per il collegamento; il box lasciò il posto alla sala con il divano bianco ed i cuscini rosa, accanto a lui trovò la bella dottoressa con il soprabito bianco già infilato.

"Che bello rivederti," esordì la donna, "sei in gran forma!"

Lion sorrise. "Mi sembra di averti accanto! Hai indossato il soprabito, stavi per uscire?"

"Devo recarmi in clinica in anticipo, ma sono già pronta, posso tardare qualche istante," disse lei sfilando il soprabito e sedendosi accanto a Lion, poi volle sapere del suo viaggio in aereo e se il posto dove si trovava fosse di suo gradimento.

"Ho visto realizzate le mie ricerche sul volo ed ho constatato che la scienza è andata assai oltre. Nel cielo notturno che guardavo io non c'erano satelliti, ma solo stelle.

Il posto in cui mi trovo è immerso nel verde, penso che mi troverò bene qui.

La natura tuttavia mi sembra mutata: ai miei tempi i prati di sera si riempivano di lucciole luminose."

"È colpa dei pesticidi, fino a qualche tempo fa se ne è fatto un uso indiscriminato. Hai un'espressione smarrita, ti senti solo?" chiese lei con un tono di voce preoccupato.

"Tranquilla, non ho mai sofferto la solitudine, mi incuriosisce tutto quello che mi circonda. Mi sto ambientando, ma avrei preferito restare da te, tu non mi hai mai trattato con sospetto.”

“Non mi devi riconoscenza, mi sono comportata come si fa tra amici,” disse lei con convinzione.

“Consentimi allora di esprimerti il mio affetto! Mi vedi pensieroso perché non ho ancora capito per quale motivo sono di nuovo qui.”

“Non è dipeso dalla tua volontà, sei stato richiamato, probabilmente desideri dare un significato più profondo al tuo ritorno,” si limitò ad affermare Katherine.

Lion scosse il capo e disse: “A te posso dirlo, avverto qualcosa di irrisolto da completare, ho lasciato qualcosa in sospeso. Devo individuare cos’è!”

“Il sentirsi insoddisfatti è una caratteristica comune a chi si dedica ad attività di ricerca. Se il tuo cruccio è questo posso tranquillizzarti: hai consegnato al mondo un’eredità di grande spessore, che è stata messa a frutto!”

Lion scrollò nuovamente il capo. “Quello che mi tormenta non ha a che fare con i miei studi, è un problema personale che non riesco ad affrontare poiché non ho idea di cosa sia.”

“Per far emergere quel che si annida nel profondo dell’animo si deve ricorrere all’aiuto di un esperto,” affermò Katherine con convinzione.

“Un approccio psicoanalitico? Dovrei mettermi nelle mani di un seguace di Freud, dopo quello che ha pubblicato su di me?” inveì furente Lion, “lui afferma che la mia personalità deriva dalla morbosa tenerezza di mia madre e dal menefreghismo di mio padre: devo la mia genialità ai comportamenti di due disadattati!”

"Freud è stato un po' incompleto, del resto non ti ha avuto a disposizione sul suo sofà."

"Approssimativo? Da un mio sogno ci ha tirato fuori fin troppe cose, senza attenersi ai fatti reali: scambia un elegante nibbio con un truce avvoltoio! Scrissi del volatile che mi colpisce il viso con la coda per far comprendere il mio precoce interesse verso il volo; con le mie macchine volanti, che sono state puntualmente realizzate, volevo portare gli uomini a dominare il cielo, lui invece vi ha intravisto un desiderio sessuale: succhiare capezzoli e persino qualcosa di più ingombrante!"

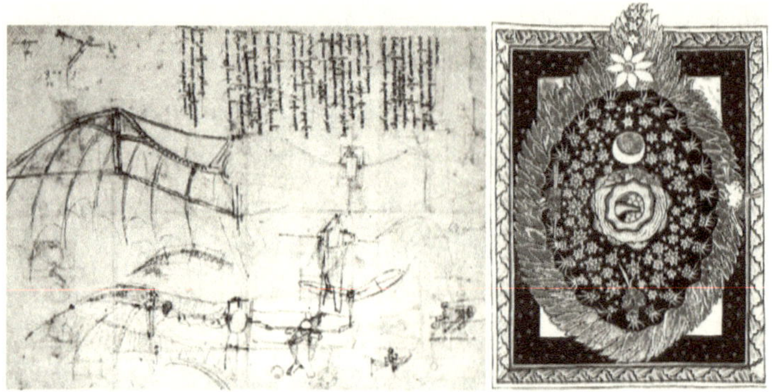

Katherine lo invitò a non banalizzare gli scritti di Freud: "La fase orale è un passaggio obbligato!"

"Che secondo lui non ho mai superato! Non mi sono mai crucciato dei pensieri dei maligni, ma lui con le sue depravate spiegazioni banalizza ed insozza la mia scienza. Questo è pazzesco, non lo posso accettare!"

"Freud sostiene di essere un grande ammiratore della tua arte."

Lion sbuffò. "Anch'io apprezzo il suo modo di scrivere, ma avrebbe fatto meglio a lasciare in bianco diverse pagine, invece di spingersi in aspetti a lui sconosciuti, mi attribuisce un carattere poco virile e da esso fa scaturire una instabilità creativa che sfocia nell'incompiutezza. Se poi si sofferma su qualche particolare specifico rasenta il ridicolo."

"A cosa alludi?"

"Al sorriso che ho dato ai miei personaggi per esprimere la pienezza della loro umanità e l'armonia che li lega alla natura ed all'universo. Il tizio invece afferma che sui loro volti ho stampigliato in modo maniacale quello che mi rivolgeva mia madre.

In pratica ho rifilato al mondo una vera bufala: da ogni dove accorrono per ammirare un melenso sorrisetto!"

"Nessun individuo si ritrova nelle descrizioni e nei giudizi degli altri," asserì Katherine per rabbonirlo, "Freud ti ha scrutato a distanza di secoli. Se ti può consolare, dubito che abbia centrato il tuo carattere. Ti giudica incostante, placido, indulgente, accomodante, mentre ho ben visto che la remissività non ti appartiene: sei gentile, mai prepotente, ma hai un carattere forte e quando occorre sfoderi tutta la tua grinta.

Inoltre molte affermazioni di Freud appaiono superate; pensa al trattamento che riserva a noi donne: secondo lui tutte noi, durante lo sviluppo psicosessuale, dovremmo superare l'angoscia da castrazione, come se non avessimo nulla d'importante tra le gambe."

Lion non poté fare a meno di ripensare alla sua amica Hildegard che non aveva esitato a paragonare l'universo generatore di vita ad una magnifica vagina con clitoride.

Dopo le parole di Katherine, Lion sembrò calmarsi e lei ne approfittò per dargli qualche consiglio.

"Tralascia i dettagli che ti infastidiscono, la psicoanalisi ha ricevuto nuovi interessanti apporti. In ogni caso tutti gli studiosi ritengono che l'infanzia sia un periodo molto importante nella vita di un individuo e tu non hai avuto una situazione ottimale, te lo dice una che queste cose le ha vissute sulla sua pelle: io ed Elio siamo figli di divorziati.

Potresti aver stabilito una relazione conflittuale con entrambi i genitori, o con uno dei due. Scava nel tuo lontano passato se non vuoi restare intrappolato in un loop affettivo che ti costringe a rivivere all'infinito gli stessi tormenti."

"Ti assicuro che ho avuto un'infanzia molto felice, trascorsa in mezzo alla natura. Sono nato da una relazione fugace, ma mia madre mi ha sempre accudito e mio padre si è interessato al mio futuro, pur mettendo al primo posto il suo hobby preferito. Lui era un abile cacciatore!"

"Ci sono animali selvatici nei dintorni di Vinci?"

"Mio padre era un uomo di cultura, non ha mai posseduto armi," specificò il giovane, sorridendo maliziosamente, "le sue prede avevano gambe affusolate e morbidi capelli."

La dottoressa sorrise, poi disse: "Sono certa che prima o poi riuscirai ad individuare cos'è che ti tormenta."

Lion spostò la sua attenzione su Elio, che Katherine aveva nominato poco prima. "Puoi darmi il numero di tuo fratello, vorrei salutare anche lui."

"Hai con te il mio vecchio smartphone, trovi il suo numero nella rubrica."

Lion provò a visualizzarlo, poi deluso precisò: "Alla lettera *E* non è memorizzato alcun nome."

Katherine arrossì di colpo: un oggetto dismesso continua ad essere il prolungamento del proprietario anche se lo si è abbandonato da tempo in un cassetto. Non era pentita di aver regalato a Lion il suo cellulare, ma si rammaricò di non averlo formattato.

Dopo un leggero colpo di tosse disse: "Prova alla lettera R!"

Il dito di Lion si spostò in basso. "Alla R c'è solo *Rompicoglioni.*"

"Ehm è lui, Elio ha sempre avuto da ridire sui ragazzi che frequentavo al college e soprattutto sull'ultima mia fiamma. Mi spiace doverlo ammettere ma ci ha visto giusto. Se non avessi beccato Jean-Pierre abbracciato ad una infermiera, non avrei mai pensato che potesse tradirmi."

Da come parlava, Lion temette che la ferita fosse ancora aperta, perciò le chiese se pensasse ancora al suo ex fidanzato.

"A volte," ammise lei, "ma per mia fortuna non lavora più qui a Cambridge, si è trasferito in Florida: la proprietaria di una clinica estetica di lusso gli ha offerto un posto di prestigio, dopo averlo conosciuto ad una convention. Ti confesso che quando lo incrociavo, il suo sorriso mi turbava."

Lion chiese come mai fosse andato via.

"È molto orgoglioso, è convinto che l'attuale Dirigente della clinica gli stia tarpando le ali, probabilmente c'è rimasto male che non gli abbia concesso il ruolo di primario. Prima di andar via Jean-Pierre ha avuto la sfrontatezza di chiedermi di seguirlo, avremmo solcato l'oceano su una nave da crociera; vedendo la mia indifferenza, ha aggiunto che se preferivo tornare a New York, dove vivono i miei familiari, mi avrebbe accontentato. È un narcisista egocentrico, non riesce a comprendere che voglio dimenticarlo, dovessi accettare la corte del primo uomo che busserà alla mia porta!"

Lion colpì prontamente l'apparecchio metallico accanto a lui che emise un cupo toc toc.

"Cos'è questo rumore?" chiese Katherine.

"Sono il primo uomo che bussa alla tua porta!" asserì prontamente Lion.

Katherine rise di cuore. "Non posso prendere in considerazione la tua richiesta per ben tre buoni motivi. Uno: sei stato un mio paziente! Nel Regno unito non si viola impunemente la deontologia professionale. Due: sei un amico! Non faccio sesso con gli amici. Tre: sei troppo carino! Non voglio avere a che fare con ragazzi sui quali altre donne posano gli occhi."

"Sei la fiscalità fatta persona!" esclamò Lion allargando le braccia.

Il cercapersone di Katherine si mise a vibrare, lei si alzò in fretta scusandosi. "Devo proprio andare, la prossima volta chiamami prima, poco importa se mi sveglierai."

Vedendo il suo volto deluso, Katherine sedette di nuovo ed accortasi che intorno a Lion non c'era la bolla disinserì la sua e lo baciò sulla guancia, come si fa tra cari amici, prima di chiudere il collegamento.

7

GLI AMORI DEI PADRI

Lion si ritrovò di colpo al buio. Con stupore misto a piacere notò che Katherine aveva ripreso a baciarlo, non aveva interrotto il collegamento, si era limitata a spegnere la luce. La sua bocca dalla guancia si spostò lentamente sulle labbra.

Sbalordito avvertì che i bottoni della sua camicia, uno ad uno, lasciavano le asole che li serravano.

Provò un brivido mentre le labbra della donna scendevano lentamente sul suo petto, inarcò la schiena e piegò il collo all'indietro.

La situazione non gli dispiaceva affatto, altro che semplice attrito, la disattivazione della bolla permetteva di provare sensazioni assai simili a quelle reali.

I desideri del corpo erano prossimi a prevalere, sbarravano i cancelli della mente, facendo dileguare ogni remora e pudore.

Lion non riusciva a spiegarsi lo strano comportamento di Katherine. Era un modo di scrollarsi di dosso ogni ricordo della precedente relazione? Ipotizzò che un rapporto virtuale non possa essere considerato alla stessa stregua di uno consumato in presenza.

Non aveva intenzione di riaprire i cancelli alla mente, non era obbligato a cercare una spiegazione per ogni cosa, tanto più che i comportamenti individuali non sempre rientrano in uno schema logico, o meglio non seguono percorsi condivisibili con altri.

Nel timore di arrestare la magia del momento, preferì concentrarsi sulle sensazioni che provava e tenersi i suoi dubbi.

Oramai il desiderio carnale stava per prevalere su qualsiasi ulteriore considerazione, eppure, benché offuscato, non riuscì a trattenersi dal pensare che non era quella la situazione in cui preferiva fare l'amore.

La partner era di suo gradimento, ma l'alcova dove si trovava non gli piaceva: l'avrebbe scambiata volentieri con un prato fiorito.

Al buio claustrofobico avrebbe optato per la luce del sole, possibilmente filtrata dai rami di un boschetto primaverile gonfio di gemme novelle e foglie tenere.

I loro sospiri vibravano netti nel silenzio della stanza insonorizzata, senza inframezzarsi al cinguettio degli uccelli.

Quell'ambiente silente ed asettico, così privo degli odori che zefiro gentile spande nell'aria, lo infastidiva. Inspirò con forza ma non annusò nessuna essenza floreale, nemmeno il buon profumo che Katherine disponeva goccia a goccia sul collo.

Che fare? Doveva fingere di non farci caso?

Tutte queste considerazioni raffreddarono l'entusiasmo del giovane e la donna avvertì il turgore diminuire.

"Non mi desideri più? Ho aspettato con ansia questo momento," disse lei con una voce così profonda, che Lion si mise a sedere di scatto.

"Tu non sei Katherine!"

"Se è per questo, anch'io ho da ridire! Neanche tu sei chi cercavo. Ti ho seguito invano, mi sono infilata in questo anello temporale perché gli assomigli tanto, ma non sei Piero!" replicò la donna tra il deluso e l'indispettito.

"Gli somiglio? Mi hai seguito?" chiese incredulo il giovane.

"Ripeti le mie parole e tremi come una foglia, hai paura di me? Non ho alcun motivo per farti del male."

"Chi sei?"

"Sono Donna Vittoria, la fidanzata di Ser Piero da Vinci."

Lion sobbalzò. "Mio padre si chiamava così!"

"Si chiamava?" ripeté lei con voce contrita, "ecco perché non mi ha cercata più, credevo mi avesse dimenticata."

Per togliere la sensazione del bacio intenso appena ricevuto, Lion passò sulle labbra la manica della camicia.

"Ti faccio schifo? Tutti mi trovano bella," replicò la donna alquanto amareggiata dal gesto del giovane.

Lion si meravigliò che lei riuscisse a vedere i suoi gesti e preso in mano lo smartphone, premette il pulsante di accensione. Apparve l'ovale perfetto di Donna Vittoria, così bello e malinconico da non incutere paura.

"Ti scongiuro, spegni la tua luce, mi disturba. Se

preferisci guardare il mio viso, posso farlo diventare luminescente di un morbido blu."

Lion annuì e si mise a scrutare quel viso che usciva dal buio come rischiarato dalla luna.

"Ti comporti come i fantasmi, loro sono fosfori, evidentemente sei una di loro. Ho sempre dubitato della loro esistenza, anche se quand'ero fanciullo mi piaceva ascoltare i racconti misteriosi che gli adulti facevano attorno al camino, con le fiamme che materializzavano mille figure, per chi le sapeva vedere.

Mio nonno diceva che le anime degli assassini non riescono a sollevarsi dal terreno. Restano intrappolate, non possono raggiungere il cielo."

La donna abbassò il capo, poi lo rialzò, spalancando i suoi grandi occhi. "Cosa sono non so. Sono solo una fiammella che brucia nella notte e cerca invano il suo amore perduto. Vago da sola nel vento, ben più sventurata di Francesca che può abbracciare il suo Paolo."

Il riferimento al V canto della Divina Commedia gli riportò alla mente la voce di suo padre, che spesso declama i versi di Dante.

"Lo amavi così tanto?" chiese Lion incredulo, ritenendo eccessivo il paragone con gli amanti uniti da un eterno legame, visto che lui cambiava sovente partner.

Con le donne Ser Piero ci sapeva fare, le conquistava, le desiderava totalmente, ma dopo un po' si volgeva altrove.

La dedizione alla professione di notaio era granitica, ma la sua vita sentimentale era costellata di lucenti bolle di sapone dalla scarsa consistenza, prima o poi si scioglievano nell'aria senza fare rumore.

Lei scosse il capo. "Le nostre strade si sono incrociate, ci siamo amati, ma non è lui il mio grande amore. Con tuo padre sono stata sincera fin dall'inizio, del resto mi ha conosciuta al cimitero di Firenze mentre carezzavo il marmo freddo che mi separava dal mio Ferruccio.

Il mio promesso sposo morì cadendo da un cavallo imbizzarritosi per via di due ceffi che gli tesero un agguato per rapinarlo.

Piero è stato importante per me, come un improvviso acquazzone che bagna le zolle aride. Ha risvegliato i sensi sopiti: la notte che seguì il nostro primo incontro divenni la sua amante. Poi tornai a Ferrara, dove mi raggiungeva ogni fine mese nella villa di campagna."

"E poi?" chiese Lion con curiosità.

"Non l'ho visto più, ma ho seguitato ad aspettarlo nel nostro solito posto. Anche ora vi torno sovente."

"Ti rendi conto che hai infestato per secoli le stanze di una villa?" disse Lion, corrugando la fronte.

Lei rise. "Ma che dici! Dentro casa non siamo mai stati! Percorro i viali alberati come un vento leggero e sfioro l'erba sulla quale ci sdraiavamo sazi d'amore guardando le nuvole che si muovevano nel cielo."

Lion pensò che l'amante che le aveva lasciato il bel ricordo dovesse essere proprio suo padre: preferire i prati verdi ai letti cigolanti a quanto pare era una peculiarità di famiglia.

Nonostante avesse una concezione dell'amore e della vita alquanto diversa, Lion dovette convenire, con un certo disappunto, che suo padre gli somigliava molto nei gusti oltre che fisicamente.

"Devo andar via, ma prima voglio scusarmi," disse lei con tono mesto, "ero certa che tu fossi Piero, ti sono caduta addosso con troppa irruenza!"

Lion le disse che non doveva sentirsi in colpa: sui figli ricadono gli errori dei padri ed anche i loro amori!

Lei sorrise, ma poi il suo viso si rattristò. "Temo che quando ripenserai al nostro incontro, mi ricorderai con paura. Ti garantisco che non volevo terrorizzarti."

"Mi sono agitato, ma non ti penserò con spavento! Del resto nemmeno io ho tutte le carte in regola," disse Lion abbozzando un mezzo sorriso.

Stupita lei lo guardò e disse con leggera malizia: "Mi sei sembrato piuttosto consistente e reattivo, di cosa ti lagni?"

"È un po' difficile da spiegare, ma sembra che io sia stato oggetto di uno sbalzo temporale. Insomma sono passati cinque secoli e sono di nuovo qui," ammise Lion.

"Il tempo continua a scorrere?" disse lei pensierosa, "non ho più sensazioni di questo tipo. Da quando la mia condizione è mutata non avverto un flusso costante. Percepisco briciole, ricorsivi momenti separati tra loro, fulminei ricordi di vita: io stessa mi considero un pensiero che d'improvviso si accende e prende consistenza, un frammento perduto di felicità, una promessa incapace di concretizzarsi."

Lion percepì che in Donna Vittoria il desiderio dell'amato non si era spento, la forza dell'amore è più forte del tempo e dello spazio.

Provò premura per lei, le carezzò il bel viso e per rincuorarla le accennò che grazie a lei aveva finalmente compreso il vero motivo che lo aveva ricondotto nel flusso del tempo. Ora sapeva cosa cercare per annullare quel senso di vuoto che provava di tanto in tanto.

Diversamente da come era arrivata, Donna Vittoria svanì nel buio dolcemente.

8
L'INVITO

Lion si precipitò fuori dalla stanza buia e claustrofobica, lo accolse la penombra del grande stanzone.

Si accorse di avere la camicia aperta e si mise ad inserire in fretta i bottoni nelle asole.

"Che schifo, hai fatto sesso nel metaverso!"

Individuata da dove proveniva la voce Lion si affrettò a precisare: "Non malignare, non lo chiedo per me, ma per il buon nome di Katherine. Tu piuttosto non disattivare più la bolla, succedono cose strane nel tuo metaverso."

Lion raggiunse l'interruttore ed accese la luce, poi si rivolse al professore, sprofondato in una vecchia poltrona di velluto: "Cosa è successo? Vedo un cane bastonato!"

"Non ho picchiato Buddy, te lo assicuro," replicò l'uomo mentre carezzava il capo del cucciolo accovacciato mogio accanto a lui.

"Mi riferivo a te, non a Buddy. Lui ha lo sguardo triste perché ha compreso che ti è crollato il mondo addosso. Posso sapere che ti è capitato?"

"Ho fatto una videochiamata ad Isabel," affermò l'uomo con tono laconico.

Lion cercò di fargli comprendere che non poteva pretendere che lei lo accogliesse a braccia aperte dopo tanti anni che non si era fatto vivo.

Il professore replicò all'istante: "Non è come credi, è stata felicissima di risentirmi, quando ha saputo che mi trovavo nei paraggi, ha insistito affinché ci rivedessimo. Mi ha invitato a pranzo, poi ha aggiunto che mi avrebbe fatto conoscere il suo compagno.

Sono rimasto di sasso, ho cercato di tirarmi fuori dicendole che ero di passaggio insieme ad un collega. Non ha voluto sentir ragione, in pratica ha invitato anche te!"

"Sono io il tuo collega? Non mi piace venir coinvolto senza preavviso," asserì Lion risentito.

"Non ho terminato il mio resoconto. Dopo i saluti ho sentito un fastidioso bip, quello che avverte che lo smartphone è scarico; era il suo, infatti lo ha poggiato sulla base, convinta di aver premuto il tasto di chiusura. È mutata l'inquadratura ed ho visto un uomo sul divano con un tablet in mano."

"Tranquillo, hai visto l'ologramma del marito defunto," affermò Lion sorridendo, "lo so per certo perché Yanoda mi ha parlato di una ditta che realizza queste cose strane."

"Quando ha fatto cenno al compagno si riferiva all'ologramma del defunto marito!" esclamò rianimato, "quand'è così dobbiamo festeggiare, io mi occupo dei bicchieri, tu prendi il whisky."

Lion si diresse verso il frigo, ma l'uomo lo redarguì: "Si vede che non sei pratico di bevande alcoliche: il whisky lo trovi nella vetrinetta, si beve a temperatura ambiente."

In preda all'indecisione, Lion domandò: "Ci sono due bottiglie uguali, quale devo prendere?"

"Una qualsiasi, ne ho acquistate due nel timore che una potesse rompersi!"

Vedendo il professore rasserenarsi mentre annusava il liquido, non se la sentì di accennargli che Isabel un nuovo compagno reale l'aveva già trovato. Alzò le spalle e tacque, del resto doveva rispettare la volontà di Sophia che desiderava far passare notti tranquille ai suoi ospiti.

Per l'indomani il professore raccomandò a Lion di indossare qualcosa di scuro ed anonimo, non l'attuale tenuta riconducibile ad un rustico cowboy.

"Non parteciperemo ad un barbecue sul prato, allietato da musica country. Isabel ha un elegante attico in centro! Togliti i jeans con quella fibbia enorme e sfilati quegli orribili stivaletti alti, effetto serpente, in kevlar. Sembri un cowboy: ti manca solo un cappello ad ampie falde ed una fondina di cuoio con una Colt!"

"Sei tu quello che deve fare colpo, non io," protestò Lion, che preferiva capi colorati e fortemente caratterizzati.

"Non è per Isabel che devi vestire elegante!" assicurò l'uomo, "nel pomeriggio ho intenzione di recarmi nella centrale di polizia per mettermi a disposizione del detective che indaga sulla sparizione del cantante. Un'ultima raccomandazione: domani non raderti, è meglio che sembri più maturo."

Lion corrugò la fronte, poi gli fece presente che ancora una volta lo stava inserendo nei suoi programmi senza interpellarlo.

"Preferisci restare a casa? Vuoi rimetterti a dipingere? Con il tuo talento potresti diventar ricchissimo con gli NFT." Vedendo l'espressione perplessa di Lion, decise di restare sul tradizionale.

"Ti ordino il necessario, domani un corriere ti recapiterà un cavalletto, alcune tele e tanti bei tubetti. Se preferisci macinare i minerali per ottenere le polveri ti procuro un bel mortaio, non hai che da dirlo.

Come modella dovrai accontentarti di Sophia, del resto è una bellissima donna. Sono sicuro che accetterà volentieri di posare per te, ma non farle perdere la pazienza, non credo che vorrà stare ferma per mesi. Ti auguro un piacevole ritorno al tuo hobby preferito."

"Non sono un pittore della domenica," asserì Lion contrariato, "dipingere è una ricerca! Tutto quello che avevo da dire in quel campo l'ho già detto, sarebbe un anacronismo riprendere il discorso di allora."

Il professore non volle replicare, si limitò a prospettargli un'alternativa all'arte pittorica.

Gli indicò la stanza curva dov'era stato poco prima e disse con tono secco: "Vuoi trascorrere lì il tuo tempo? Preferisci trastullarti nel metaverso o ti decidi ad accompagnarmi?"

"Verrò a pranzo da Isabel," disse Lion con tono di resa.

"Resta inteso che subito dopo andremo in centrale per incontrare il detective Myles," lo incalzò soddisfatto il professore.

Lion alzò le spalle indeciso se rivelargli che probabilmente avrebbe preso due piccioni con una fava, giacché al pranzo sarebbe intervenuto l'investigatore.

Si limitò ad annuire, ma pose le sue condizioni: "Verrò a patto che tu mi faccia passare per un tuo pari, non per un tuo assistente, e ti decida a rivelarmi quel che sai sul mio ritorno."

"In macchina ti svelerò ogni cosa, caro collega!" disse il professore, soddisfatto del patto appena concluso.

9

LE STAGIONI DI ISABEL
Attico di Isabel, Austin, Texas

Isabel gettò le braccia al collo del professore e lo accolse in casa con un veloce bacio. Dai saltelli che faceva si capiva che era felicissima di rivederlo. Per Lion riservò una calorosa stretta di mano. Appena entrarono in sala, l'ologramma dell'estinto fece loro cenno di accomodarsi in salotto.

"Non date retta a mio marito, sediamoci a tavola," disse lei indicando i posti da occupare.

Per Isabel era del tutto normale avere il coniuge defunto ancora vicino. I due uomini conoscevano la situazione e non si scomposero. Per qualche tempo adeguarono il loro comportamento agli abiti eleganti che indossavano e che dava loro l'aspetto di due compassati gentiluomini inglesi, tanto più che, per volere del professore, avevano lisciato i loro capelli mossi con una profumata brillantina alla lavanda. In breve vennero contagiati dall'euforia travolgente della padrona di casa, soprattutto il professore iniziò a sciogliersi ed a comportarsi con totale spontaneità.

La padrona di casa aveva apparecchiato con cura. Al centro del tavolo un piatto girevole permetteva di prelevare degli sfiziosi antipasti. Il gustoso anello racchiudeva all'interno una composizione floreale dai colori delicati.

"Hai preparato un pranzo spettacolare," esclamò il professore ammirato.

"Bisognava festeggiare!" disse lei, poi precisò che in genere cucinava cose semplici per mantenersi in forma senza dover incorrere in diete odiose. In effetti Isabel, pur avendo la stessa età di Sophia, sembrava decisamente più giovane.

"Non sei cambiata per nulla," esclamò con venerazione il professore, "mentre sono convinto che se tu mi avessi incrociato per strada non mi avresti riconosciuto."

"Ma che dici i tuoi occhi magnetici sono inconfondibili! Detesto voi uomini, il tempo riesce a rendervi più affascinanti, adoro i capelli brizzolati quando si accompagnano ad uno sguardo che rivela la saggezza dell'esperienza senza offuscare la voglia di essere attivi," replicò lei.

Lion ascoltava in silenzio i complimenti reciproci che i due si scambiavano e cercava di raccapezzarsi. Che fossero felici di essersi rivisti era palese, ma era mai possibile che non avessero nessun rimprovero da farsi?

Dalle poche considerazioni espresse da Sophia, aveva compreso che la loro relazione si era interrotta di colpo tanti anni prima senza che si fossero scambiati un chiarimento o una promessa. Guardò la tavola: era apparecchiata per quattro. Dedusse che il quarto posto fosse simbolicamente riservato all'ologramma del padrone di casa, benché trapassato. Il giorno prima Sophia aveva apparecchiato per il marito che si trovava a New York.

Pensò che tutte le brave signore di Austin riservassero al capofamiglia, poco importa se defunto o in trasferta, una forma particolare di rispetto, del resto ogni città ha le sue usanze.

Si trovavano alla seconda portata, i due non smettevano di ridere ricordando i tanti momenti di quella lontana estate passata insieme. La loro intesa sembrava perfetta.

Dell'investigatore non c'era traccia, probabilmente non era previsto a pranzo. Per fortuna Lion non aveva detto al professore che Isabel si era vista con il detective Myles dopo la morte del marito. Durante il breve viaggio in auto avevano scambiato poche parole, entrambi catturati dalla bellezza del paesaggio che si dipanava fluente tra parchi e laghi e dallo skyline della città che con slancio verticale andava man mano occupando tutto lo spazio del vetro anteriore. Dopo il ponte sul fiume Colorado, solcato dalle canoe, il professore non era riuscito a trattenersi: "Non è cambiata, ha avuto uno sviluppo vorticoso, ma è ancora meravigliosa, del resto ho sempre pensato ad Austin come ad una città capace di incarnare il futuro dell'America, meglio di qualsiasi altro posto!"

Lion pensò che il professore riservasse un giudizio simile anche per Isabel; immaginava già la sua vita accanto a lei.

Il suono improvviso del campanello interruppe le sue considerazioni.

Isabel si diresse verso la porta, dicendo: "Come ti ho

anticipato, voglio farti conoscere un mio caro amico. L'avevo invitato a pranzo, ma è oberato di lavoro. Gli ho imposto di raggiungerci per il dolce!"

La donna si trattenne sull'uscio in attesa che l'ascensore pervenisse al livello dell'attico panoramico.

Il volto del professore mutò espressione. "Lui chi è?" esclamò rivolgendosi a Lion, che per tutta risposta preferì alzare le spalle. Non c'era tempo per prepararlo all'incontro con il suo rivale, a momenti avrebbe occupato il posto vuoto.

L'uomo in bella uniforme accennò un sorriso mentre Isabel lo informava con entusiasmo: "Bry è un caro amico del campus, faceva parte del gruppo che frequentavo."

Mentre si stringevano la mano Isabel tentò di proseguire con le presentazioni, ma il professore, ricacciando indietro lo stupore, la anticipò: "Detective Myles è un vero piacere conoscerla di persona. Io ed il mio collega l'abbiamo vista ieri in televisione."

"Ah, quindi sapete della figura meschina che l'avvocatessa mi ha fatto fare!" disse l'uomo corrugando la fronte, facendo intendere di aver incassato male il colpo basso che gli era stato inferto, "questa mattina il medico legale che dirige la scientifica mi ha accolto con un sorriso a 360 gradi, poi mi ha chiesto con voce in falsetto se volevo infilare le mani nel suo body prima di esaminare i dati raccolti."

"Una battuta da caserma, indegna di un professionista," convenne il professore.

"Quella vipera ti ha fatto passare per un incompetente, devi darle una lezione e lo devi fare durante una diretta!"

esclamò Isabel, spostando il discorso sulla causa prima.

Lion non poté fare a meno di notare che sia Isabel che Sophia avevano definito l'avvocatessa una vipera.

La ricostruzione fornita dall'investigatore era sembrata inverosimile anche a lui, pertanto un commento ironico ci poteva stare. Diversamente dalle due amiche nelle parole dell'avvocatessa lui non aveva letto la volontà di denigrare il detective, ma un modo per spronarlo e stuzzicarlo.

Dal tono delle sue parole e dalle immagini che aveva suscitato aveva compreso che lei si sarebbe sottoposta volentieri alla verifica del body stretto. Non è cosa comune che una donna inviti un uomo ad infilare le mani nella propria biancheria intima.

"E tu non hai niente da dire?"

Isabel sottrasse Lion dai suoi pensieri, trovando strano che non manifestasse un benché minimo cenno di solidarietà nei confronti del povero investigatore che recava ancora sul collo il morso della perfida aspide.

"Il medico legale ha trovato qualcosa che non quadra?" si limitò a chiedere rivolgendosi a Myles, che comprese chiaramente che avrebbe dovuto badare al sodo, invece di piangersi addosso.

"No, nulla di strano, il sangue appartiene a Myskin, senza ombra di dubbio. Di queste cose però non posso parlare, vige il segreto istruttorio," affermò il detective scusandosi con gli ospiti di Isabel.

Il professore, benché amareggiato dall'aver appreso che Isabel avesse già rimediato un nuovo compagno, da vera volpe lanciò la sua esca a Myles: "Fai bene a non dare informazioni a chi non si occupa del caso, ma cosa diresti se ti proponessi di inserire me ed il mio collega nel team che sta indagando?”

Myles lo guardò corrucciato. “Siete esperti in informatica?”

“Bry è la persona più intelligente che abbia mai conosciuto,” esclamò Isabel, “è un fisico nucleare, ma se ben ricordo i suoi interessi spaziano su tutto, hai presente i geni universali? Che so, tipo Leonardo da Vinci?”

“Addirittura!” esclamò Myles ammirato, ma poi il suo entusiasmo scemò di colpo, “non posso proporlo, non sono previste spese aggiuntive in bilancio. Austin pullula di guru informatici, ma le consulenze costano!”

“Scegli me! La mia collaborazione non ha prezzo,” esclamò il professore.

“Ecco, appunto!” sussurrò Myles rattristato, avendo compreso che la somma da corrispondere all’esperto sarebbe stata elevata in cambio del prezioso contributo.

“Perché fai quella faccia,” lo rimbrottò Isabel, “Bry per gli amici collabora gratis!”

“Io ed il mio collega resteremo in zona diverso tempo, ti daremo volentieri una mano nelle indagini,” affermò il professore.

“Devo prendere anche lui?” chiese Myles, mentre soppesava quel giovane taciturno. Poi si rivolse direttamente a Lion: “E tu quanto mi costi?”

“Anch’io non ho prezzo, non graverò sui contribuenti, del resto sono solo Lion, mica un genio universale!” esclamò ridacchiando sotto i baffi appena accennati.

I quattro si spostarono sul grande terrazzo, che godeva di una veduta magnifica, per suggellare l’accordo di collaborazione con un drink che per Lion risultò troppo alcolico.

"Non sono abituato ad una cosa del genere, mi gira la testa posso rientrare per sdraiarmi sul divano?"

"Per errore devo averti consegnato il calice che avevo preparato per Bry, lui ha sempre gradito i torcibudella," ammise Isabel dispiaciuta.

La donna accompagnò Lion all'interno, mentre i due uomini restarono a chiacchierare come vecchi amici. L'ologramma invitò Lion a sedersi: "Accomodati e conversiamo!"

Lion, sovrappensiero, sobbalzò. "Non lo disattivi mai?" chiese infastidito senza pensarci due volte, "che ne fai di un'immagine con cui non puoi interagire?"

"Parli proprio tu che sei stato un pittore!"

Lion si mostrò stupito: "Mi hai riconosciuto?"

"Certo, mi basta un solo passaggio televisivo per ricordare un volto, ma stai tranquillo, sono discreta oltre che fisionomista. In ogni caso questo ologramma è l'immagine di un amore che voglio ricordare."

"Dovresti fare scelte più precise!" affermò Lion.

"Perché dovrei? Io non ho rimpianti, amo ricordare ogni stagione della mia vita, ad ognuna di esse associo l'uomo con cui l'ho vissuta," disse Isabel.

Vedendo l'espressione stupita del giovane chiarì il suo pensiero: "Mio marito era un tipo tranquillo e pacato mi dava le sensazioni dell'inverno con la neve che attutisce ogni rumore ed invoglia a restare in casa."

"A quale stagione associ il professore? Ho intuito che avete avuto una storia folgorante quando vi siete conosciuti al campus.”

“Con lui ho scoperto le prime emozioni d’amore, per me Bry ha la freschezza della primavera. Questa stagione non si dimentica mai, tant’è che lui non l’ho mai considerato un ex, del resto non ci siamo mai dati un vero addio. È stato lontano da qui, ma non dal mio cuore.

Giacché ci sono ti dirò che il dinamico Myles ha l’irruenza dell’estate. Che dici sbaglio a non avere una preferenza assoluta? Cosa pensi di me e delle mie stagioni?”

“Penso che ti manchi un autunno!” esclamò Lion con una sincerità così disarmante che la donna rise fragorosamente. Poi gli si avvicinò e prima che il giovane potesse reagire, passò la mano sui suoi capelli per arruffarli, quasi lo considerasse un cucciolo da stuzzicare.

“Sei proprio carino così,” esclamò rimirandolo compiaciuta, “se non avessi rivisto Bry ti avrei preso in considerazione: ho un autunno ancora libero!”

“Ti chiedo scusa per ciò che ho detto, mi sembravi una svampita, invece sei una sveglia,” disse lui mentre riavviava i capelli scomposti con entrambe le mani.

Quando tornò in terrazzo Lion si sforzò di seguire, senza molto successo, i discorsi che i tre facevano.

L’abbondante pranzo e la temibile bevanda lo avevano fatto piombare in un torpore sgradevole. A lui piaceva essere presente al cento per cento, non amava mai perdere il contatto con la realtà.

Ad un certo punto vide Isabel allontanarsi e tornare con in mano un pacchetto per Bry. “Ho un regalo per te, lo presi tanto tempo fa, il giorno prima che tu partissi,” disse la donna non nascondendo un velo di commozione, “non ebbi modo di dartelo. È giusto che tu lo abbia."

Bry aprì l'astuccio: sbucò un enorme medaglione sostenuto da una lunga catena. Il professore non riuscì a trattenere lo stupore ed esclamò: "Ma è il medaglione che Elvis indossò durante il concerto di Las Vegas!"

"È la copia esatta," precisò lei, "a te è sempre piaciuta la musica Rock e Presley è il Re del Rock, anche se per umiltà non si considerava tale. Quando lo acquistai ero una studentessa, l'originale d'oro, tempestato di diamanti taglio brillante, era al di fuori della mia portata.

A dire il vero lo è tutt'ora, comunque questo articolo è pur sempre di alta bigiotteria. Naturalmente anche la bellissima moneta da 20 dollari Saint-Gaudens, incastonata al centro, è un'imitazione. Non è un oggetto che un professionista ha modo di indossare, è vistoso e pacchiano, ma ti ricordo che all'epoca eravamo due ragazzi scavezzacollo."

Bry la rassicurò: "Sono onorato del tuo regalo, lo indosserò alla prima occasione speciale!"

10

CAMBIO D'ABITO
Center of the Metaverse, Austin, Texas

"Mi stai portando in ospedale per una lavanda gastrica?" chiese Lion, sdraiato sul sedile posteriore dell'auto, alquanto scombussolato dalla guida veloce.

"Non essere sciocco, hai bevuto un cocktail elegante a base di frutta esotica, non veleno," asserì il professore mentre sterzava improvvisamente a destra.

"Puoi rallentare? Questa mattina avevi una guida più piacevole!"

"Non posso perdere di vista la moto che svicola veloce, Myles vuole portarci in centrale per mostrarci il fascicolo del caso irrisolvibile," specificò il guidatore, volgendosi per una frazione di secondo verso di lui. Seguì una brusca frenata che destabilizzò ulteriormente il pallido Lion.

"Scusa ho dovuto inchiodare, le strade pullulano di monopattini che sbucano all'improvviso," disse il professore per giustificarsi.

"Tra Isabel ed il Professor Primavera non so chi mi

rimanderà per primo al creatore!" brontolò tra sé Lion a bassa voce.

"Sei proprio fatto: il mio cognome non è Primavera," disse l'uomo che aveva l'udito fino, "ricomponiti, dobbiamo dare l'impressione di grande professionalità ed efficienza!"

"Preferisci che ti chiami Bry?" domandò Lion, mettendosi a sedere ed aprendo il finestrino per prendere aria.

L'uomo sorrise. "Quello è il vezzeggiativo con cui mi chiamava Isabel quando eravamo in intimità. Per me va bene, del resto anche tu preferisci un diminutivo. Chissà chi ti le ho affibbiato mentre amoreggiavi, ci tieni così tanto!"

Lion seccato riconquistò la lucidità. "Se sei in cerca di rivelazioni piccanti sul mio conto, mi spiace deluderti, la ragione del mio nome è antecedente alla pubertà!

Me lo ha dato un mercante inglese che stava trattando la vendita di una partita di lana grezza nello studio notarile di mio nonno. Ero un bimbo vivace, entrai nella stanza correndo ed interruppi la transazione in corso. L'uomo, per nulla seccato, passò la mano sui miei riccioli d'oro e mi chiese quale fosse il mio nome. Appena lo udì scosse la testa: *ti chiamerò Lion, hai una fierezza indomita che ti porterà molto lontano!"* disse il giovane incupendo la voce ed imitando l'accento straniero.

"Caspita ci aveva visto giusto, in pochi superano il secolo mentre tu ne hai scavalcati ben cinque," chiosò il professore.

"Si riferiva alla longevità della mia fama! Chi deve dare

prova di serietà sei tu; invece di prendermi in giro, dimmi cosa vi siete detti tu e Myles mentre parlavate fitti sul terrazzo.”

“Gli ho precisato che avremmo operato in incognito, niente contatti con la stampa! Inoltre gli ho accennato al nostro desiderio di avere una nuova identità.”

“Parla per te, è Lion il nome che voglio!” affermò il giovane con tono risoluto.

Giunti nel parcheggio della centrale, Lion si rifiutò di scendere, secondo lui l’indagine andava iniziata nel luogo dove si era svolto il crimine. “Non voglio farmi condizionare dal racconto dell’investigatore, visti gli scarsi risultati che ha ottenuto. Digli di prendere la cartella, la esamineremo sul posto, non credo sia particolarmente voluminosa.”

Il professore convenne che quello era un buon modo di procedere.

In meno di mezz’ora i tre uomini raggiunsero il *Metacentrum* e tolsero i sigilli al salone dove era avvenuta la sparizione. Bry lanciò una rapida occhiata alle pareti cosparse di sangue, dopodiché tornò in corridoio per discutere il caso con Myles.

Il professore sollecitò Lion a raggiungerli, ma lui non si mosse dalla porta, sembrava incantato.

“Mi dici cosa stai fissando?” chiese il professore, “quella roba al centro della stanza, vicino alla chitarra, è la tutina di Myskin. Non ci sono resti del corpo: un drone dotato di scanner termografico e fotogrammetrico ha eseguito un rilievo particolareggiato!”

Incurante della sollecitazione, Lion restò fermo e

silenzioso dov'era. Ci vollero altri dieci minuti affinché si decidesse a raggiungere i due uomini.

"Stai bene, sei rimasto turbato?" chiese il professore sinceramente preoccupato, "la tua faccia è più bianca della camicia che indossi. Sei troppo giovane per certi spettacoli, non dovevo coinvolgerti."

"Sono pallido per il cocktail micidiale, io ho sezionato molti cadaveri freschi che schizzavano sangue dappertutto," ammise Lion con tono serafico.

Myles strabuzzò gli occhi e si domandò se stesse assistendo alla confessione di un serial killer.

"Lui ha affiancato spesso un anatomopatologo in alcune procedure di autopsia giudiziaria," si affrettò a precisare il professore che aveva intuito i pensieri di Myles.

"Non sapevo che il tuo amico così giovane fosse un Doctor of Medicine," esclamò l'investigatore con tono ammirato.

Bry gli sussurrò nell'orecchio: "In realtà non ha terminato gli studi, ha frequentato solo un programmino *pre-medical*, ma non si è mai laureato, è un autodidatta, ha troppi interessi che lo distraggono!"

Myles sospirò. "Lo capisco, anch'io pur essendo dotatissimo ho dovuto lasciare gli studi per amore dell'atletica."

Lion interruppe il fitto brusio, chiedendo dove fosse il camerino del cantante e se lo potesse esaminare.

Myles indicò una porta vicino al salone. "Possiamo entrare, i rilievi sono stati effettuati, non è emerso alcunché di interessante. I camerini super attrezzati sono più lontani, ma Myskin ha preferito questa stanzetta destinata alla pulizia, pare non amasse avere truccatrici attorno, provvedeva da solo prima di uscire. Qui dentro si è solo cambiato: ha prelevato da quel borsone la tuta di scena ed ha lasciato il jeans e la camicia che indossava e le sneakers, poiché preferisce cantare scalzo. Abbiamo fatto annusare i capi ad un cane molecolare, ma non si è mosso."

Lion prese la camicia e la portò al naso; senza pensarci due volte si svestì sotto lo sguardo esterrefatto dei due uomini ed iniziò ad infilarsi gli abiti di Myskin.

"Il tuo collega ha un modo di fare davvero strano," sussurrò Myles nell'orecchio del professore, che si limitò a corrugare la fronte.

"Ho capito!" affermò Myles facendo uno strano sorriso, "è un sensitivo, spera di ricevere qualche informazione dall'entità che è svanita."

Bry si limitò a lanciargli uno sguardo compassionevole.

"Non sto scherzando," proseguì Myles, "l'estate scorsa la medium Melma, quella con tanto di turbante, mi aiutò a risolvere il caso di una donna scomparsa. Le consegnai un oggetto che le era appartenuto, ad occhi chiusi lo tenne in mano per un'ora nella stanza rischiarata dal lume fioco di una candela; esausta, lo poggiò sul tavolo e si asciugò la fronte sudata. Le era venuta una gran sete, mi chiese se gradissi un bicchiere d'acqua fresca. Me lo offrì, mentre lei si attaccò alla bottiglia svuotandola completamente.

Fu allora che afferrai il messaggio: dovevo far prosciugare il laghetto d'irrigazione vicino all'abitazione della donna sparita. Rinvenni il corpo sul fondo, legato ad un vecchio arnese di ferro, così arrestai il compagno che faceva il fabbro."

Bry si domandò come facesse Isabel a frequentare un uomo così credulone, ma poi notò i muscoli che facevano bella mostra sotto le maniche corte della camicia e non effettuò ulteriori analisi.

Nel frattempo Lion raccolse le sneakers di Myskin e si limitò a girarle per osservare le suole. Myles e Bry pensarono che avesse rinunciato ad infilarle non essendo della sua misura.

Lion si posizionò davanti allo specchio e si attardò a guardare la sua immagine riflessa.

"Voi che dite… come sto? Questi abiti mi sembrano un po' larghi!" Incurante degli sguardi sbigottiti che sentiva puntati su di sé, Lion aggiunse, rivolgendosi a Myles: "Scommetto che a te starebbero bene, dovrebbero essere della sua taglia."

"Vuoi che li provi anch'io?" chiese sconcertato il detective, che iniziò a slacciare i bottoni della camicia mentre Lion si toglieva i vestiti del cantante per rinfilarsi i suoi.

"Con questi due tra i piedi non arriverò da nessuna parte!" pensò disperato tra sé il professore, passando una mano sulla fronte. Stava per lanciare un urlo, palesemente innervosito dalle parole e dai comportamenti dei suoi maldestri soci d'indagine, allorché Lion puntò un dito sull'etichetta del fascicolo.

"Dobbiamo correggere l'intestazione!"

Il poliziotto pensò di aver commesso qualche errore di ortografia.

"Non è un caso di omicidio!" affermò Lion, lasciando esterrefatti i due uomini, che chiesero delucidazioni.

Lion scosse il capo e precisò: "Prima di condividere il ragionamento che mi permette di dare il nome giusto al crimine in oggetto, vorrei esaminare la registrazione degli ultimi minuti del concerto. Intendo scoprire un tassello mancante."

"Non stai correndo troppo? Hai la presunzione di poter svelare un mistero fitto in appena venticinque minuti? È sufficiente un cambio d'abito per risolvere il caso?" domandò Bry con tono di rimprovero, "l'avvocatessa ha parlato di indagini complicate e meticolose da effettuare."

Lion si rabbuiò. "Ho forse affermato che il caso è risolto? Credo di aver individuato il *tipo* di crimine che è stato commesso; occorre scoprire il modo in cui è stato eseguito ed il movente."

Osservando le strane espressioni dei due uomini, Lion si arrestò pensieroso, non voleva apparire saccente, ritenne doverosa fare una puntualizzazione: "Non dirigo le indagini! Se il detective Myles preferisce attenersi ai suggerimenti dell'avvocatessa, or ora ricordata da Bry, ed intende verificare il livello di aderenza del suo body, non ho nulla in contrario. Sono certo che la cosa farebbe felici entrambi!"

L'investigatore immaginò le sue mani nel bustino della bella avvocatessa alla disperata ricerca di un pertugio dove infilare la polvere da sparo, ma poi si riebbe, scosse la testa per scacciare l'immagine evocata da Lion, e con la mano invitò i suoi collaboratori a seguirlo nella saletta della regia per visionare il filmato alla ricerca del tassello mancante.

11
IO NON VOGLIO PIÙ!

Il professore si sistemò alla postazione regia ed inserì la chiavetta sequestrata. Sul monitor apparvero le prime scene. Bry mandò avanti velocemente il filmato e si arrestò nel momento in cui Myskin rispondeva all'ultima domanda.

Lion seguì con attenzione la conversazione ed infine esclamò: "Ho capito cos'è che non torna!"

"Possibile? Io non ho notato nulla di strano," ammise il professore.

"Myskin desiderava seguitare a parlare, aggiungere qualcosa, invece ha avuto un lieve scatto ed ha iniziato a cantare."

Il detective Myles avanzò una giustificazione: "Gli apprezzamenti della giornalista lo avevano commosso, un uomo detesta farsi vedere con gli occhi lucidi, ha interrotto l'intervista ed ha preferito riprendere a cantare."

Lion scosse la testa. "Il suo movimento brusco come lo spieghi?"

"Si vede che non sai cos'è il buffering, non hai dimestichezza con i videogiochi; a volte bisogna rassegnarsi ai ritardi del flusso video," disse il professore, mentre cliccava il tasto rewind con il puntatore del mouse, "in questo caso non sono presenti significativi errori di scorrimento. Ad ogni modo, per verificare meglio, riproduco la sequenza in slow motion ed ingrandisco qualche particolare."

I tre uomini osservarono varie volte la stessa scena. "Caspita che occhio!" esclamò infine Myles, ammirato, "al rallentatore si percepisce un movimento brusco della mano che regge il microfono."

Bry ammise la discontinuità, ma non seppe avanzare una spiegazione. L'investigatore si rivolse a Lion per conoscere il suo punto di vista, ma lui esitava, desiderava ripercorrere mentalmente tutte le fasi, prima di esporle. Il suo silenzio innervosì il professore, che sbottò: "Ora basta, ci stai facendo venire il mal di testa: dacci la tua ricostruzione dei fatti!".

Lion annuì ed iniziò il racconto dopo aver precisato che potevano interromperlo in qualsiasi momento nel caso qualche passaggio risultasse oscuro o inverosimile.

"Myskin è entrato nel *Metacentrum* con indosso jeans e camicetta," iniziò a dire Lion.

"Certo, i capi che tu hai voluto provare poco fa!" disse Myles annuendo.

"No!" esclamò Lion, "quelli che ho indossato erano identici ai suoi, ma mai usati o freschi di bucato. Ho annusato la camicia, profumava, non c'era sentore di sudore. Prima di accovacciarsi sconsolato col muso in terra, il povero cane molecolare, incaricato di seguire la scia dell'odore, si è domandato se dovesse rintracciare una lavanderia!"

Lion comprese di aver catturato l'attenzione dei due uomini e proseguì spedito nella ricostruzione dei fatti. "Il borsone ai piedi della sedia è spropositato per accogliere una tutina, conteneva molte più cose: un duplicato dei suoi abiti, sneakers incluse, ed una sacca al cui interno racchiudeva un arnese che ha utilizzato al momento opportuno."

"Interessante l'idea dei borsoni usati come matrioske, ma cos'era l'oggetto misterioso?" chiese il professore.

"Ve lo dirò nel momento in cui Myskin lo preleva per usarlo! Intanto seguiamo i suoi movimenti da quando entra nel camerino.

Myskin si toglie gli abiti che indossa, impregnati del suo odore, e poggia sulla sedia dei capi identici, ma puliti. Indossa l'abito di scena e si dirige nel salone dove esegue lo scenografico concerto.

Verso la fine, dopo l'ultima intervista, colpito dall'affetto che i fan gli manifestano, ha un ripensamento. Non vuole proseguire con il piano concordato, tant'è che esclama: *io non voglio più*."

Myles lo interruppe. "Di quale piano parli? Lui ha solo detto di non voler seguitare la conversazione!"

Lion scosse il capo. "Ho notato che il cantante aveva un minuscolo auricolare nell'orecchio."

"Certamente," disse il professore, vero esperto di musica, "per ottenere un risultato perfetto, chi canta dal vivo usa auricolari dalla perfetta aderenza. L'*in-ear monitor*

permette di sentire la propria voce e la musica, in pratica
migliora la performance. Come mai ti incuriosisce questo
minuscolo aggeggio?"

"Quando il cantante ha avuto il ripensamento qualcuno
in cuffia gli ha ricordato che era troppo tardi per tirarsi
indietro e gli ha imposto di completare il piano. Myskin
non ha ripreso a cantare!" affermò Lion, lasciando i due
uomini a bocca aperta.

"Ma cosa dici?" controbatté Myles, "dopo l'intervista ha
cantato il brano inedito!"

Lion scosse il capo. "Tutto il concerto si è svolto in
diretta, interviste comprese, ad eccezione dell'ultimo
brano: hanno inviato un segnale già registrato."

"La prima è sempre preceduta da diverse prove,"
convenne il professore, "ma per quale ragione l'ultimo
brano è stato trasmesso utilizzando uno spezzone
registrato?"

"Per mettere in scena il vero spettacolo previsto e vi
assicuro che non era il concerto!" affermò Lion con
convinzione."

"Puoi essere più dettagliato?" supplicò Myles.

Lion annuì. "Dopo l'intervista il suo complice ha
trasmesso una registrazione olografica carpita durante una
delle precedenti prove. Non Myskin, ma il suo ologramma
ha eseguito la canzone finale. Tra i due momenti si è
verificato un lieve scarto poiché lui non si è posizionato
con la postura convenuta. Ha involontariamente abbassato
il braccio in preda allo sconforto, allontanando il
microfono dalla bocca.

Lo scarto è stato minimo, nessuno si è reso conto che

si trattava di una sequenza preregistrata, modificata digitalmente nella fase finale. Il lungo brano si è pertanto concluso con il realistico e raccapricciante effetto di accartocciamento e conseguente fuoruscita di spruzzi di sangue che si sono diretti in tutte le direzioni.

Nel frattempo che l'ologramma cantava, nessuno ha visto ciò che avveniva realmente sul palco. Myskin ha potuto operare indisturbato, anche se ha dovuto fare in fretta: si è strappato di dosso l'abito di scena e nudo come un verme ha raggiunto il camerino per prelevare l'arnese dal borsone."

"Veniamo al punto: ci vuoi dire di cosa si tratta, cos'è questo oggetto misterioso?" chiese Bry con impazienza.

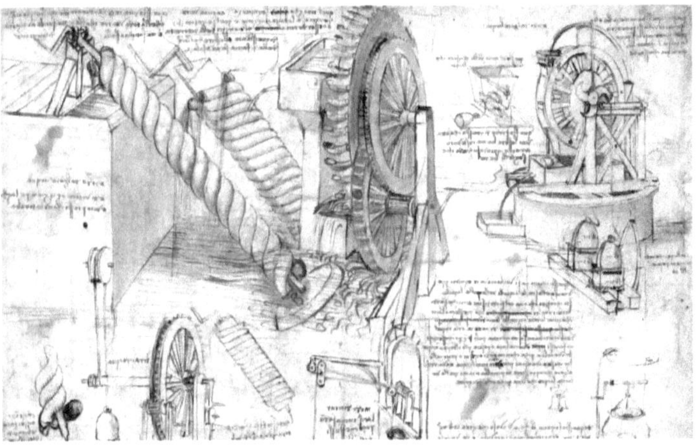

"Il nome preciso non lo so, ma penso che da quando mi sono occupato delle pompe e dei vari sistemi per aspirare, sollevare e spruzzare l'acqua siano stati fatti molti progressi. Mentre eravamo sulla terrazza di Isabel ho notato un piccolo nebulizzatore che lei usa per mantenere freschi i fiori. Sono certo che esistano oggetti simili più grandi facilmente trasportabili."

"In commercio c'è una pompa irroratrice dotata di batteria ricaricabile da 16 litri," disse Myles con assoluta certezza, "va a meraviglia, ne ho regalata una a mio padre che ha un orticello con vigneto."

"Myskin ne aveva una più piccola da 8 litri!" affermò Lion.

"Cosa c'entra il suo hobby di giardinaggio con il nostro caso?" chiese Myles.

Il professor Bry aveva afferrato perfettamente l'indizio. "Lion ritiene che l'oggetto misterioso sia una pompa motorizzata riempita con il sangue da spruzzare sulle pareti del salone!"

Dopo la precisazione, il professore si rivolse a Lion: "Puoi dirmi come ci sei arrivato?"

"*Qui c'è troppo sangue* è la prima cosa che ho pensato quando mi sono affacciato nella stanza," disse Lion, "non sono molto bravo in matematica, mi ci è voluto un po' di tempo per fare tutte le verifiche.

Ho calcolato la dimensione approssimativa della stanza e la quantità di liquido necessaria per cospargere tutte le superfici. Tenuto conto di alcuni parametri come densità, viscosità e tensione superficiale del fluido, ho dedotto che sono stati impiegati quasi otto litri per ottenere l'effetto finale.

Mi sono sembrati troppi, dovevo assolutamente appurare le caratteristiche fisiche di Myskin, in particolare il suo peso per stabilire quanto sangue potesse contenere il suo corpo.

Per questo motivo ho voluto visitare il camerino alla

disperata ricerca di qualche indizio. Per mia fortuna sulla sedia c'erano i suoi vestiti.

Li ho indossati trovandoli leggermente ampi. Ho fatto le debite proporzioni tra me e lui ed ho calcolato le sue misure: Myskin è poco più alto di me e pesa quasi settanta chili. Orbene un soggetto adulto con le sue caratteristiche contiene circa sei litri di sangue, mentre in stanza ne sono stati spruzzati otto. Concordate con la mia ricostruzione?"

"Sarà anche giusta, ma la scientifica ha accertato che il sangue appartiene a Myskin: come ha fatto a riempirne una tanica intera? Sarà svenuto prima di terminare," asserì con candore Myles, prendendo in mano il fascicolo per trovare la dichiarazione della scientifica.

"Lo ha fatto a più riprese conservandolo in modo opportuno," sentenziò il professore, sottraendogli il fascicolo dalle mani, "vorrei qualche istante di silenzio per verificare se i risultati ottenuti da Lion sono compatibili con il rilievo fotogrammetrico eseguito dal drone."

Bry lo esaminò e subito dopo digitò *Myskin cantante* sul motore di ricerca del suo smartphone: in un istante apparvero un'infinità di dati su di lui. Tralasciò discografia, amori e collaborazioni, concentrandosi sui dati fisici.

Dopo alcune brevi digitazioni, il professore si rivolse a Lion: "La cifra esatta non corrisponde a quella che hai calcolato tu, ma in effetti c'è un litro in più rispetto al dovuto. Se mi avessi esposto il tuo pensiero, avresti evitato complicati calcoli ed anche l'estemporaneo spogliarello, ma del resto a te piace metterti in mostra."

"Tu sei stato più veloce nei conteggi, ma il mistero lo ha svelato il tuo giovane collega!" sentenziò convinto Myles.

Lion non dette peso all'elogio ricevuto, preferì completare la sua ricostruzione dei fatti. "Myskin ha programmato in modo accurato il suo allontanamento, nessuno doveva sospettare che avesse abbandonato il palco dove il suo ologramma è imploso. Ha lasciato sulla sedia degli abiti nuovi e sul pavimento il borsone vuoto e le sneakers mai calzate, dato che sotto le suole non vi sono granelli di polvere.

Doveva evitare che un cane dall'olfatto finissimo potesse ricostruire il suo percorso. Si può ingannare un cane molecolare, ma non un segugio come me.

Non è svanito nel nulla: da qui è uscito vivo con i suoi piedi e con i vestiti che indossava quand'è arrivato.

Del resto non poteva lasciare l'edificio senza avere nulla addosso: un uomo nudo non passa inosservato, anche se mi è giunta voce che i bagni nel lago Trevis senza costume siano frequenti da queste parti."

Il professore arrossì temendo che Lion potesse entrare nei dettagli; per stopparlo gli fece notare che il custode non lo aveva visto uscire.

Fu Myles a dare la risposta: "Il vigilante si è allontanato, richiamato dal vocio allarmato degli orchestrali. Myskin ha aspettato dietro qualche porta socchiusa il momento opportuno per sgattaiolare furtivamente con la sacca in mano dove aveva riposto la pompa, svuotata del sangue che conteneva."

Lion terminò il suo racconto affermando che il cantante non poteva aver agito da solo senza l'aiuto di un complice presente in sala regia, come aveva giustamente ipotizzato Myles.

Il poliziotto gongolò di gioia, poi si profuse in complimenti. "Il merito va a Lion se ora posso dare una direzione certa all'indagine, non vedo l'ora di convocare una conferenza stampa per cancellare la figura da coglione che l'avvocatessa mi ha fatto fare! Le farò ingoiare una ad una le sue parole al miele avvelenato."

Lion scosse la testa. "Visto che hai usato una terminologia pittoresca, mi obblighi a metterti in guardia. Caro detective penso proprio che ti convenga abbozzare, se non vuoi metterle in mano entrambi i coglioni," disse Lion con tono serafico senza preoccuparsi di usare un linguaggio poco raffinato.

L'investigatore lo guardò perplesso, poi disse: "Non ho compreso il senso delle tue parole, mi sconsigli di prendere la meritata rivincita?"

"Ti piacciono le favole?" chiese Lion.

"Sono un militare, ti sembro infantile?" protestò Myles.

"Chi ha detto che le favole sono per i bambini? Fanno comprendere molte cose. Quella che ti racconterò l'ho scritta tempo fa, ma è per adulti."

Myles si dispose all'ascolto e Lion gli narrò cosa fu costretto a fare un povero castoro.

"La bestiola venne inseguita per la virtù medicinale dei suoi testicoli. Trovando precluse tutte le vie di fuga, si fermò e prese una decisione coraggiosa: per avere pace con coloro che lo avevano preso di mira, coi suoi taglienti denti si spiccò i testicoli e li lasciò ai suoi nemici."

Piuttosto corrucciato, Myles portò istintivamente una mano al cavallo dei pantaloni, come dovesse ripararsi da un pericolo imminente.

"Si è espresso in senso metaforico," sbuffò il professore per tranquillizzarlo, "nondimeno le sue parole hanno una certa validità: governanti magnanimi hanno dovuto cedere parte del loro territorio a dispotici tiranni e persone rette sono dovute scendere a patti ingiusti."

"Io non amo i compromessi," precisò Lion, scuotendo il capo, "né ti sto consigliando di essere arrendevole, ti sto solo facendo presente che non hai nulla da guadagnare dall'irritare l'avvocatessa per prenderti una immediata ed effimera rivincita.

Ben presto avrai bisogno di riconvocare il suo assistito per torchiarlo di nuovo, perciò non indispettirla ed incassa in silenzio ulteriori colpi bassi che dovesse darti. Detto tra noi, penso non sia feroce come sembra!"

12

L'INVIDIA

Fattoria di Sophia nei pressi di Austin, Texas

Sophia riaccolse con gioia i suoi insoliti ospiti. "Di sera, senza Samuel in giro non mi sento tranquilla, non posso contare su Buddy, scodinzolerebbe anche ad un malintenzionato! Inoltre devo ringraziarvi, siete stati premurosi a portare delle pizze, adoro la classica margherita e quella ai peperoni."

Dopo aver cenato, la padrona di casa salì in camera per informarsi se la presentazione del libro di Samuel avesse avuto il successo sperato.

Il professore, insolitamente taciturno, senza manifestare particolare interesse si mise a seguire un documentario sulle foche monache, già a rischio estinzione, tornate da poco nel loro habitat naturale. Lion cercò di comprendere la ragione del suo umor nero: dipendeva dall'aver appreso che Isabel aveva un nuovo compagno?

Non era la condizione ottimale per riprendere una relazione, tuttavia la donna aveva conservato un buon

115

ricordo di Bry, lo aveva accolto con gioia. Impegnandosi aveva buone possibilità di scalzare Myles, la sua giovanile prestanza poteva stranamente diventare un punto a suo favore: gioventù non fa rima con stabilità.

Isabel sembrava rimpiangere la rassicurante pacatezza del defunto, tanto da aver arredato il salotto con il suo cortese ologramma. Un ragionamento simile doveva averlo fatto pure il professore innamorato, perciò Lion si disse certo che lui si era rabbuiato perché colpito da un attacco di invidia nei suoi confronti.

"Mentre rientravamo hai accennato ad una mia qualità: ho un intuito fuori dal comune, riesco ad intravedere come stanno le cose e come evolvono," affermò Lion prendendo il discorso alla lontana.

"Che ti salta in mente, dopo i complimenti di Myles pretendi le mie lodi?" chiese Bry in modo brusco, fornendogli la prova che aveva mal digerito che Lion, incompetente in tecnologie informatiche, avesse preso in mano la situazione delineando la linea d'indagine.

"Ti faccio presente che sei stato tu a trascinarmi in questa storia, pertanto non puoi mettere il muso per la bontà del mio contributo," replicò Lion.

"Non è invidia quella che provo," puntualizzò Bry, "piuttosto sono adirato con me stesso per non essere riuscito ad individuare gli aspetti critici della presunta sparizione, a rigor di logica l'esperto del settore sono io."

"Comunque la rigiri è l'invidia che ti paralizza. Non dovrebbe esistere all'interno di una squadra. La cosa mi rattrista, ma non mi scandalizza, l'invidia è un sentimento molto forte. Quando ero giovanissimo, in una zona marginale di una tavola, feci il volto di un angelo così vivace da sembrar vivo, suscitai ammirazione ed invidia al contempo. Il tuo malanimo ti sta bloccando, se te ne liberi e rifletti sul caso invece che sulle mie brillanti intuizioni, potrai aprire uno scenario d'indagine più completo, sono molti gli aspetti in sospeso."

"Il caso si prospetta meno interessante del previsto, ci troviamo di fronte ad una banale truffa per vendere dischi," ammise il professore, "basterà trovare il cantante e tutto si sgonfierà."

"Tu pensi che sia vivo?" chiese Lion.

"Mi vuoi prendere in giro?" disse il professore alquanto stupito, "oggi hai fornito prove molto convincenti: Myskin è uscito dal *Metacentrum* sulle sue gambe!"

"Questo è certo, ma non abbiamo alcuna garanzia che sia ancora vivo. Lui voleva tirarsi indietro, pertanto i suoi complici potrebbero preferire un morto tranquillo ad un vivo in crisi. C'è bisogno di tutto il tuo acume se vuoi salvarlo; io ho intuito alcune cose, ma l'esperto sei tu.

Come hai rimarcato ho avuto a che fare con le tavolette di pioppo, non ho mai giocato con gli smartphone!"

"Cosa devo fare?" chiese Bry.

"Devi solo riflettere sulle cose che sono successe oggi e focalizzare l'attenzione sugli aspetti che ti lasciano perplesso e su quelli che abbiamo tralasciato."

Il professore corrugò la fronte, ebbe un'illuminazione, poi disse: "In serata abbiamo esaminato la registrazione del concerto ottenuta dalla telecamera frontale, ma sono certo che esistono altre riprese.

Alcune emittenti televisive e servizi di streaming hanno acquistato i diritti dell'evento. Il programma che manderanno in onda si avvantaggerà, in fase di post produzione, di ulteriori punti di vista ottenuti da altre telecamere fisse e dal minuscolo drone che volteggiava attorno a Myskin per poter inserire qualche effetto dinamico.

Propongo di visionare tutte le riprese conservate nel computer quantico della postazione regia, potrebbe venir fuori qualcosa d'interessante. Domani mattina torneremo sul posto, non possiamo rimandare: l'avvocatessa ha già presentato istanza per dissequestrare l'edificio per conto del suo assistito, che oltre ad aver curato la regia dello show è anche il direttore artistico del *Center of the Metaverse*.

Il complesso ricreativo l'anno prossimo ospiterà diversi eventi in concomitanza con il *South by Southwest*, il famoso festival musicale e cinematografico di Austin che si svolge ogni primavera. Il *Metacentrum* sarà sede di conferenze, mostre interattive e performances digitali sperimentali. Vi sono contratti che non possono essere disattesi, sono in ballo certificati artistici unici basati su tecnologia blockchain: molti eventi saranno finanziati tramite Crypto ed NFT.

Per inciso ti dirò che la mia passione per la musica è nata proprio dall'aver partecipato alla manifestazione che si svolse nell'anno in cui frequentai il campus universitario qui ad Austin. In quella occasione conobbi Isabel e facemmo coppia fissa, prima che un'allettante offerta di lavoro mi riconducesse nel vecchio continente."

Lion ascoltò con interesse le considerazioni del professore, poi disse: "Non possiamo aspettare che venga domani, Myskin è in crisi, i suoi complici potrebbero prendere una decisione drastica da un momento all'altro. Telefona a Myles, dobbiamo tornare subito al *Metacentrum*, per completare ciò che abbiamo tralasciato di esaminare."

"Scordatelo! Non gli telefonerò. Come hai notato il mio fegato ha già subito un attacco di invidia. Non posso procurargli anche un attacco di gelosia: sono sicuro che il nostro aitante detective in questo momento ha tra le braccia la mia Isabel."

Lion scosse il capo e gli ordinò di telefonargli, poi aggiunse in modo laconico: "Myles è a casa sua, Isabel oggi ti ha rivisto con piacere, questa sera ha avuto una fastidiosa emicrania."

Il detective rispose con voce impastata, rassegnato disse che si sarebbe rivestito; pregò di passarlo a prendere, non se la sentiva di guidare.

Il percorso risultò breve per la mancanza di traffico e nel contempo offrì una visione notturna della città molto piacevole. Una volta in macchina Myles non pretese un chiarimento, si limitò a fare una battuta: "I vostri servizi sono gratuiti anche di notte? Vi avverto che da me rimedierete solo una lattina di birra prelevata dal distributore automatico del *Metacentrum*."

Raggiunsero la postazione regia ed il professor Bry, iniziò a mandare in contemporanea su vari monitor le riprese effettuate dalle telecamere, che restituirono il concerto da angolazioni diverse. Il file sonoro era unico e Bry mostrò di apprezzarlo parecchio, seguendo il ritmo con il piede e mimando con le mani gli assoli di chitarra.

Le immagini dei monitor si interruppero di colpo prima che Myskin iniziasse a cantare l'ultimo pezzo.

"Come mai questo silenzio?" chiese Myles, svegliatosi di colpo per l'improvvisa calma seguita al frastuono del concerto.

"Bentornato tra noi," lo apostrofò con ironia Bry, "ad ogni modo non ti sei perso niente: le telecamere del palco hanno smesso di funzionare prima che partisse l'ultima canzone."

"È un vero peccato!" disse Myles con voce assonnata.

"In realtà abbiamo avuto la conferma che solo uno dei presenti in sala regia le ha potute disattivare per evitare che registrassero quello che Myskin stava facendo mentre veniva inviata ai teatri la sequenza modificata digitalmente," disse Lion.

"Quindi il complice del cantante è il regista!" asserì con convinzione l'investigatore.

"Non possiamo dirlo con certezza," affermò Bry, "in stanza erano presenti altri esperti, uno di loro ha potuto alterare per tempo la sequenza maledetta e limitarsi a spostare qualche cursore per farla partire al momento opportuno. Ho dato una scorsa ai verbali degli estenuanti interrogatori dei sospettati, è difficile stabilire chi può essere stato: le domande che hai posto sono molto generiche. Come ti ha consigliato Lion sarebbe opportuno riconvocarli per appurare le loro responsabilità."

Myles si incupì, poi disse: "Temo che non sarà possibile, l'avvocatessa Layla si opporrà se non presento una nuova prova circostanziata, dirà che li ho già tenuti a mia disposizione un'intera notte."

"Ti fornisco subito la prova che cerchi!" esclamò Bry come se stesse sfilando un coniglio dal cappello, "ora che ci penso, non abbiamo ancora visionato la ripresa effettuata dal minuscolo drone che ronzava come una mosca attorno a Myskin. Sono certo che ci darà delle informazioni in più."

"A meno che non si interrompa nello stesso punto delle altre," temette Myles alzando le spalle.

"Non credo, la registrazione della periferica è protetta da una password, probabilmente per impedire che venga esaminata. La troverò in poco tempo: ho ideato un software per hackerare le chiavi di accesso, lo prelevo dal mio cloud e processo il file."

Uno ad uno comparvero i caratteri segreti, infine Bry si rivolse a Myles, che lo osservava stupito: "Non preparare le manette, non sono un pirata informatico, uso il programma solo quando dimentico le mie password!"

Appena il video divenne riproducibile, Bry spostò il cursore sugli ultimi minuti dello show. Apparve la scena che Lion aveva ipotizzato: Myskin si strappava la tuta, usciva dalla stanza e rientrava con la pompa a motore per spruzzare il suo sangue ovunque, evitando di sporcarsi.

Nonostante l'eccezionale prova che aveva in mano, Myles si mostrò preoccupato. "Non posso divulgare ciò che hai trovato, se gioco a carte scoperte darò modo ai colpevoli di organizzarsi, potrebbero attuare una tattica mistificatoria."

"Quale azione di depistaggio temi?" chiese Bry.

"Il video dimostra chiaramente solo la colpevolezza del cantante, ma lui aveva uno o più complici in sala regia," affermò il detective, "in questo momento loro stanno provando a convincerlo a rispettare il piano convenuto, se sospetteranno che li sto per incastrare faranno ricadere tutta la colpa su Myskin, lo elimineranno ed occulteranno il corpo in modo da farlo sembrare un latitante. La faranno franca!"

Lion rivalutò le capacità investigative del detective, era pervenuto alle sue medesime convinzioni: il cantante era ancora vivo, ma lo sarebbe rimasto per poco tempo se i suoi complici avessero trovato vantaggiosa la sua morte, per sottrarsi alle proprie responsabilità.

Lion ignorava per quale motivo fosse stata ideata la frode, ma che il cantante avesse accettato di farne parte era fuor di dubbio: ci aveva messo la voce ed il sangue.

"Myskin stava per avere un crollo, era disposto a mollare tutto, come può un tipo indeciso sottoporsi a continui prelievi senza mostrare ripensamenti?" chiese

Lion, dubbioso.

Il professore gli fece presente che in molte cliniche estetiche d'avanguardia era stato perfezionato il cosiddetto *vampire lifting*.

"Che roba è?" chiese Myles accompagnando la domanda con un'espressione di disgusto.

"Si chiama così in considerazione del fatto che i vampiri restano sempre giovani e belli, poiché bevono sangue. A parte il nome suggestivo e l'assurda credenza non c'è nulla di terribile in questo trattamento antiage, a differenza di altre pratiche estetiche è poco invasivo: si sottopone il paziente ad un prelievo di sangue, che viene opportunamente trattato ed iniettato nella sua pelle con micro aghi per far sparire le rughe."

"Ritieni che Myskin si sia rifatto la faccia? Questa cosa è importante per la nostra inchiesta?" domandò con tono perplesso Myles.

Il professore scosse la testa e spiegò che esisteva un procedimento molto costoso che consentiva di ottenere del plasma del tutto simile a quello del paziente. "Può essere utilizzato non solo per le rughe, le cicatrici e la caduta dei capelli, ma anche in ambiti più vasti come la chirurgia plastica e ricostruttiva, l'ortopedia e la traumatologia. Pertanto non è detto che si sia sottoposto a continui prelievi."

Lion intervenne proponendo nuove riflessioni: "Le domande fondamentali che dobbiamo porci sono due: appurare per quale ragione Myskin abbia inscenato la sua sparizione, nonché individuare il motivo dell'improvviso ripensamento. Cosa può essergli capitato di tanto sconvolgente dal non voler concludere un piano costoso ed accuratamente premeditato?"

Per la prima questione Myles prospettò la seguente spiegazione: "Nel dipartimento c'è una mia collega che legge tutte le notizie di gossip, insomma quelle che si occupano dei vip. Da lei ho appreso che Myskin ha contratto molti debiti per mantenere il tenore di vita al quale era abituato dopo il successo iniziale. È stato altresì sottoposto ad indagini fiscali per non aver corrisposto gli importi giusti nel periodo in cui ha ricevuto due dischi d'oro ed uno di platino. Infine un collega gli ha intentato una causa di plagio, per divergenze sulla paternità di un brano. Mi sembrano buoni motivi per sparire dalla circolazione e rifugiarsi in qualche angolo nascosto!"

Nessuno dei presenti seppe rispondere alla seconda domanda, ossia da cosa avesse avuto origine il ripensamento.

"Prima di andar via possiamo rivedere alcuni momenti del concerto?" chiese infine Lion.

Bry si mostrò felice di accontentarlo. "Va anche a te di risentire un magnifico assolo di chitarra o la performance incalzante del batterista?"

Lion corrugò la fronte, poi esclamò: "Preferirei riascoltare il suono di quei violini inquieti."

"Perché non ammetti che vuoi rivedere le cinque violiniste, hanno colpito anche me e non solo per la bravura," confessò Myles sorridendo con malizia, "meglio tornare a dormire ripensando ai loro bei volti, che non all'immagine angosciante di Myskin che si strappa i vestiti e corre nudo per il salone spruzzando sangue dappertutto!"

"Vi accontento subito, c'è un inserto romantico particolarmente struggente," disse Bry, portando la riproduzione nel punto in cui le belle violiniste venivano inquadrate a lungo.

"Io preferisco la ragazza al centro: è di una bellezza stratosferica con quel viso d'angelo dall'espressione riflessiva," constatò Myles.

"Ferma l'immagine," ordinò Lion, "a me sembra troppo triste, come se sapesse che sta per succedere qualcosa che non le aggrada."

Bry comprese al volo il pensiero di Lion, ma per non dargli soddisfazione si mise ad imitarlo con tono stizzito: *"Qui c'è troppo sangue, questa ragazza è troppo triste!* È mai questo il modo di condurre un'indagine? Quando non si sa che pesci pigliare si ricorre alla goccia che fa traboccare il vaso ed al *cherchez la femme!"*

Myles si fiondò in difesa di Lion e zittì il professore con queste parole: "Il tuo collega ha delle intuizioni che portano a risultati concreti e poi non è la prima volta che risolvo un caso cercando una donna. Con molta probabilità non è lei la causa diretta del crimine su cui indaghiamo, ma potrebbe essere venuta a conoscenza di molte cose.

Quella lì me la ricordo! L'ho vista davanti al gruppo dei musicisti, devono averla seguita. Presumo che Myskin le abbia rivelato dov'era il palcoscenico; per evitare intrusioni, solo lui e gli addetti alla postazione regia ne erano a conoscenza.

Myskin potrebbe essersene invaghito, avviando una intensa storia d'amore. Si è confidato con lei, non voleva che soffrisse vedendolo smaterializzarsi tra schizzi di sangue. Con molta probabilità lei lo ha supplicato di non procedere col piano, ma lui era troppo compromesso, non si è potuto tirare indietro."

Lion disse: "Se la tua supposizione è corretta, Myskin ha avuto un ripensamento dopo averla conosciuta; le ha svelato in quale ala dell'edificio si sarebbe esibito, cosa sarebbe successo e persino confidato il nome dei suoi complici. Se è così non solo Myskin, ma anche lei potrebbe essere in grave pericolo."

"Domani mattina convoco la violinista in centrale," asserì Myles con convinzione.

Bry intervenne prontamente facendogli presente che per gli orchestrali non aveva previsto alcun fermo. "Ho letto nei verbali che risiedono a New York, potrebbero già aver lasciato Austin, alloggiavano in un hotel nel North Loop, a qualche chilometro dal centro."

"Hai ragione, non c'è tempo da perdere, rechiamoci sul posto a controllare," disse Myles, poi si rivolse a Bry pregandolo di non togliere il fermo immagine, "voglio fare una istantanea alla violinista, così potrò rintracciare solo lei, senza svegliare le altre." Dopo che Myles ebbe scattata la foto, i tre uomini lasciarono l'edificio e si diressero verso l'hotel dei musicisti, sperando di trovarli ancora lì.

13

MISS FALENA

Hotel nel North Loop, Austin, Texas

"Gli orchestrali lasceranno l'hotel in mattinata," affermò il portiere di notte. Myles estrasse il tesserino per qualificarsi e mostrò la foto della violinista.

"Miss Falena non è in stanza, non ha mai passato la notte in hotel," disse l'uomo, corrugando la fronte, "esce dopo la mezzanotte e rientra al mattino presto, evitando che gli altri se ne accorgano. Non ha mai fatto gruppo con le altre violinista, è molto riservata."

"Mi appunti su un foglietto le generalità di Miss Falena, nel frattempo mi consulto con i miei colleghi se è il caso di aspettare che torni," disse Miles.

Il portiere di notte scosse il capo e disse facendo un mezzo sorriso, che pareva una smorfia: "Mi scusi il nome della violinista glielo scrivo subito, ma lei non si chiama Miss Falena. È un soprannome che le ho dato io per via del suo abbigliamento e comportamento. È una donna molto bella, veste sempre di nero, con generosi decolté di pizzo e calze a rete su tacchi a spillo. Si dilegua silenziosa al diminuire delle luci come una misteriosa farfalla notturna, insomma una donna così suscita parecchie fantasie."

"Visto che l'ha incuriosita non è che mi sa dire qualcosa in più? Ha notato per caso se viene a prenderla qualcuno con la macchina?"

"Lei si incammina a piedi lungo il viale alberato," disse l'uomo in modo stringato.

Il portiere di notte si mostrava titubante, non voleva nuocerle, perciò Myles precisò che la stava cercando per rivolgerle alcune domande riguardanti la misteriosa scomparsa del cantante.

"Quand'è così posso dirle dove va," disse l'uomo emettendo un sospiro di sollievo, "tre sere fa ho ricevuto una telefonata concitata da mia moglie, il bambino aveva la febbre. Mi sono fatto sostituire e sono salito in auto. A meno di un chilometro da qui c'è un complesso residenziale immerso nel verde, ma ben visibile dalla strada.

La siluette di una donna, in controluce sulla soglia dell'ultimo monolocale, ha attirato la mia attenzione. Capelli fluenti, vita stretta, fianchi proporzionati, gambe perfette, non posso sbagliarmi, si trattava di Miss Falena. Per fortuna ha chiuso la porta e la visione è svanita."

"Perché ha detto per fortuna?" chiese Myles incuriosito.

"Ehm, per guardarla ho dimenticato che la strada curvava," confessò l'uomo con imbarazzo.

Myles afferrò il foglietto e lesse il nominativo, Miss Fanny, poi salutò il portiere. Risalirono in macchina e dopo un breve tragitto individuarono il residence, appena rischiarato dalle luci del viale.

"Non entrare nel parcheggio interno, accosta lungo la strada, preferisco avvicinarla da solo," disse Myles rivolgendosi al guidatore.

Bry stava per protestare, ma Lion lo tocco con la mano per ricordargli che chi conduceva le indagini era il detective; loro due dovevano limitarsi a consigliarlo.

Dal portone e dalla finestra non filtrava alcuna luce, Myles stava per premere il pulsante del campanello, ma poi preferì dare due colpi secchi sulla porta con le nocche delle mani.

Poco dopo la porta si aprì, la donna gli buttò le braccia al collo e prese a baciarlo con trasporto, ad occhi chiusi. Quando staccò le labbra, poggiò il capo sul suo petto dicendo: "Ero tanto triste, temevo che per te fossi stata solo una breve avventura e che non saresti venuto, ti stavo attendendo con ansia."

Myles aveva gradito l'accoglienza, pur sapendo di non essere il vero destinatario del bacio appassionato, ma per non turbarla si qualificò solo quando lei si ritrasse.

La donna ebbe un sussulto, con voce tremante disse: "Come mai è qui detective, come ha fatto a trovarmi?"

Myles scosse il capo. "Non c'è tempo per le spiegazioni. Tu ed il tuo amante potreste essere in grave pericolo. Lo stai attendendo con ansia, ma lui non verrà, probabilmente è prigioniero. Ti riaccompagno in albergo, lì chiariremo tutto."

La donna lo guardò sbigottita senza proferir parola. Il rumore di un auto che parcheggiava fece prendere una decisione drastica all'investigatore. Si trattava di Myskin che si recava dalla sua amante o di un killer intenzionato ad eliminare Miss Fanny? In quest'ultimo caso andava acciuffato in fragranza di reato.

Afferrò i cuscini e li ricoprì con il lenzuolo in modo da simulare un corpo addormentato, trascinò la donna dietro lo spigolo dell'armadio. Per evitare che lei fiatasse la strinse a sé con una mano, portando l'altra sulla sua bocca. Miss Fanny cercò di svincolarsi, Myles per calmarla le sussurrò nell'orecchio: "L'uomo che sta per entrare tenterà di ucciderti, pugnalerà i cuscini. Quando mi darà le spalle lo afferrerò da dietro, tu resta qui e non fiatare. Non temere riuscirò ad immobilizzarlo, sono cintura gialla di karate."

Le cose si svolsero in modo leggermente diverso da come Myles aveva previsto.

Lo sconosciuto bussò due volte con le nocche, avvertì la porta cedere ed entrò furtivo, si accostò al letto dove la donna sembrava dormire tranquilla.

Il detective colse l'attimo, lasciò la donna ed afferrò l'uomo alle spalle, lo costrinse a terra puntandogli un ginocchio sulla schiena.

"Non gli faccia del male, lui non è un killer, è il mio amante!" supplicò Miss Fanny, prima di cadere svenuta sulla morbida moquette.

Myles non si aspettava di incontrare così presto Myskin vivo e vegeto. Pensò di aver fatto bene a stordirlo ed immobilizzarlo, era pur sempre colpevole di truffa. L'uomo doveva aver perso i sensi, ma lui preferì trattenerlo faccia a terra. Con la radio hi-tech avvertì la centrale operativa, affinché inviassero una volante il prima possibile.

Una sirena squarciò il silenzio della notte.

"Caspita che efficienza," esclamò Myles, appena li vide varcare l'uscio.

"Eravamo di pattuglia in zona!" disse l'agente.

Il detective ordinò di ammanettare l'uomo che aveva iniziato a lamentarsi debolmente, poi guardando la donna che si stava riprendendo disse: "Portate anche lei in centrale, ma senza manette, non ha commesso alcun reato. Trattatela con gentilezza, è una testimone."

Myles raggiunse Lion e Bry.

"Abbiamo visto una volante entrare nel parcheggio, cosa è successo?" chiese il professore, allarmato.

"Ho acciuffato Myskin, andiamo in centrale, non vedo l'ora di metterlo sotto torchio," affermò con orgoglio il detective, "voi potrete assistere all'interrogatorio da dietro il vetro."

14

CHE CI FAI QUI?

Police Department, Austin, Texas

Il detective incaricò una collega di portare una bevanda calda a Miss Fanny, che si trovava in un salottino appartato, poi invitò Lion e Bry ad accomodarsi nella saletta con il vetro schermato, mentre lui si diresse in quella attigua per procedere all'interrogatorio.

I due uomini guardarono oltre il vetro e sobbalzarono.

Nello stesso istante Myles spalancò la porta ed esclamò stupito: "E tu che ci fai qui?"

"Lo chiedi a me? Ricordi? Mi hai stordito e gettato a terra!" urlò furente Steven, il regista, "riconsegnami il cellulare, voglio il mio avvocato!"

Myles frastornato uscì dalla stanza e si diresse in quella attigua, mettendosi le mani tra i capelli.

"Che casino! L'amante di Miss Fanny non è Myskin. La violinista conosceva dov'era stato allestito il palco perché glielo aveva rivelato Steven. Ed ora che faccio?" chiese Myles assalito dal panico, "l'avvocatessa Layla mi sbranerà vivo!”

“Non hai scelta. Devi dargli la possibilità di chiamarla,” disse il professore alzando le spalle.

L'avvocatessa si presentò in centrale dopo venti minuti, perfettamente truccata e vestita in modo impeccabile come se provenisse dal tribunale, anziché dal letto di casa. Per l'occasione aveva indossato anche il suo miglior sorriso ironico.

“Detective Myles, mentre venivo in centrale ho ripassato a mente il codice penale, tra i reati punibili non risultano contemplate le relazioni d'amore, potrebbe indicarmi l'articolo o l'emendamento che ne fa menzione?” disse lei con sarcasmo quando incrociò il detective, che aveva gli occhi di un cane che sta per esser bastonato.

“Ammetto di aver procurato un danno ingiusto al tuo assistito, non l'ho fatto intenzionalmente,” ammise Myles, “gli ho chiesto scusa, ma è furente, desidera che io venga sospeso dal servizio e processato, puoi darmi una mano per rabbonirlo?”

“Sono un avvocato, devo perseguire l'interesse del mio cliente, verso il quale hai già mostrato comportamenti che rasentano l'abuso d'ufficio, mettendolo sotto torchio per una notte intera. Siamo passati alle lesioni personali: i presupposti per una denuncia ci sono tutti!”

Rammentando la storiella del castoro, Myles dispose le mani come un calciatore che deve fronteggiare un calcio di rigore; sgomento decise di rivolgersi all'avvocatessa a cuore aperto: “Sto solo cercando la verità, ma il caso è piuttosto complicato, come hai evidenziato anche tu! Sono stato affrettato, ma considera che il tempo non è dalla mia parte.

I protagonisti di questa vicenda a breve lasceranno Austin ed io dovrò inserire questo caso tra quelli irrisolti, etichettandolo come un'anomalia nel metaverso."

"Visto che fai appello alla ricerca della verità, ti faccio presente che il mio assistito, che più di ogni altro hai preso di mira, risiede ad Austin, inoltre lui si è mostrato sempre disponibile nei tuoi confronti. Steven ha impedito che venisse contaminata la scena del crimine, inoltre ti ha suggerito di prelevare la registrazione del concerto.

Resti tra noi, ti confesso che per via della mia professione ho dovuto difendere anche individui che ritenevo colpevoli. Come ben sai la verità assoluta non coincide sempre con quella processuale, ma in questo caso sono più che certa dell'estraneità ai fatti del mio cliente. Non so perché tu lo abbia preso di mira a tal punto da averlo steso a terra."

"Credevo fosse un sicario incaricato di eliminare Miss Falena, ehm… la violinista."

"Per quale ragione? Non aveva suonato bene?" disse lei con ironia, considerando inverosimile la cosa. Myles restò in silenzio, non intendeva svelare quello che aveva scoperto in sala regia.

Vedendolo imbronciato la donna lo incalzò: "Non ti accorgi che le tue ricostruzioni sono ingenue e fantasiose, rasentano il ridicolo. Prima la tuta con l'esplosivo incorporato, ora ipotizzi la presenza di un killer intento ad eliminare i musicisti che sbagliano qualche nota. A proposito Myskin è stato punito per aver preso una stecca? Ti rinnovo la mia esortazione: nomina un esperto che ti affianchi nelle indagini."

Memore dei consigli di Lion, il detective incassò in silenzio l'ulteriore colpo basso sferratogli dall'avvocatessa, sorvolò sulla sua ironia e si concentrò su come tirarsi fuori dai guai, una denuncia in quel momento avrebbe bloccato la sospirata promozione a Deputy Chief.

Myles ebbe un'idea geniale, sfoderò il suo miglior sorriso e con notevole faccia tosta disse: "Non mi è possibile inserire esperti, per via del budget da corrispondere, ma ti confesso che ricevere qualche buon consiglio dal tuo assistito mi farebbe comodo. Non è che potresti convincerlo a tornare sul luogo del crimine: ci sono alcune cose da verificare. In cambio potrei scagionarlo del tutto e revocargli l'obbligo di non lasciare la città."

L'avvocatessa si mostrò allibita per la piega che stava prendendo la situazione, in pratica il suo cliente avrebbe dovuto aiutare il detective che non solo lo aveva inserito tra i sospettati e torchiato una notte intera, ma lo aveva persino malmenato.

Dopo un attimo di esitazione Layla, provando tenerezza per la strana sortita del detective, si pronunciò: "Non posso prometterti nulla, devo parlarne prima con il mio assistito e vagliare tutte le possibilità. Accompagnami da lui, gli riferirò la tua proposta, ma non farti troppe illusioni."

Myles la ringraziò, poi guardò l'ora e le fece presente che doveva attendere una decina di minuti: "Sei stata velocissima, il regista mi ha detto che l'avresti raggiunto in mezz'ora. Nel frattempo ha espresso il desiderio di vedere la violinista per accertarsi che stesse bene. Mi ha imposto di non disturbarli, deve chiarire una cosa importante.

Fra un po' ti condurrò da loro, nel frattempo posso

offrirti un caffè o è troppo presto?"

Lei accettò l'invito, trovò la moka particolarmente gustosa, non sembrava provenire da un anonimo distributore metallico di un ufficio di polizia. Era così deliziosa perché la stava bevendo in buona compagnia?

Durante la pausa i due chiacchierarono di altro. Myles comprese di non avere a che fare con una tigre famelica e si rincuorò parecchio.

Dopo aver accompagnato l'avvocatessa dal suo cliente, Myles tornò da Lion e Bry per riferir loro gli ultimi sviluppi. Entrambi convennero che aveva fatto bene a chiedere la collaborazione del regista per tirarsi fuori dai guai.

"Speriamo che accetti la tua proposta," disse il professore, "sulla base delle sue reazioni potremo vagliare la sua effettiva estraneità ai fatti ed indirizzare meglio l'indagine."

"Voglio che veniate con me, ma non posso presentarvi come due esperti, all'avvocatessa ho detto che non ne posso nominare. Ho un'idea: vi procuro due divise da poliziotto semplice, così potrete affiancarmi senza che vi presenti!"

Il professore scosse la testa. "Non conosco la legislazione vigente nel Texas, ma non voglio rischiare di incorrere in un reato, non indosseremo divise della polizia, al massimo accenna tra i denti che siamo due agenti in borghese che ti porti dietro per stilare il verbale del sopralluogo!"

Il colloquio tra il regista Steven ed il suo legale fu piuttosto breve.

Myles la vide tornare con il sorriso sulle labbra. "Ti è

andata bene," esordì Layla, "anzi il mio cliente ti è riconoscente!"

"Hai sempre voglia di prendermi in giro! Ti piace torturarmi," disse Myles con tono lamentoso.

"Tu ti sei fatto un'idea sbagliata sul mio conto, vedi di cambiarla in fretta. Io sono una donna sincera, le mie osservazioni sono stimoli a fare meglio, non avevo intenzione di danneggiarti. Tu hai bisogno di qualcuno che ti pungoli per evitare di sprofondare."

Che lei si stesse proponendo come possibile partner era evidente. Myles la guardò, non gli dispiaceva essere oggetto delle sue attenzioni.

In cuor suo decise di raccogliere l'invito o provocazione che fosse. Si ripromise tuttavia che non l'avrebbe lasciata a briglie sciolte, l'avrebbe domata: non è facile convivere con una tigre che ti alita sul collo.

"Ad ogni modo, non stavo scherzando," affermò lei, "nel mondo dello spettacolo è piuttosto frequente allacciare relazioni momentanee che non hanno seguito.

Questa notte Steven si era recato nel loro rifugio d'amore per dirle addio, ma credendola in pericolo, ha compreso quanto per lui fosse importante. Ti sei qualificato come tutore dell'ordine solo con la violinista, lui ha pensato che tu fossi un maniaco che la stava violentando.

Mi ha detto che è disposto a fare il sopralluogo che richiedi; subito dopo, se lo lasci libero di muoversi, si recherà insieme a lei nella sua casa al mare a Rockport per una breve vacanza e per decidere come organizzare il loro futuro insieme."

"Perfetto, ti ringrazio per averlo calmato," disse Myles, "porto il regista al *Metacentrum* per il sopralluogo, nel frattempo faccio accompagnare Miss Fanny all'albergo per darle modo di riprendere le sue cose."

"Sono certa che la poveretta non gradisce risalire su una volante della polizia, posso darle un passaggio. Il mio studio si trova a pochi isolati di distanza," disse lei dimostrando che sotto l'apparente aggressività batteva un cuore sensibile.

15
LA PROVA DEL NOVE
Center of the Metaverse, Austin, Texas

"In cosa posso esserti utile?" chiese il regista Steven dopo essersi accomodato alla sua postazione.

Myles gli rivolse la prima domanda concordata con Lion e Bry: "Ammetto di averti pressato oltre misura, ma ero alla ricerca di una spiegazione razionale del fenomeno che si è verificato. Immagino che anche tu abbia riflettuto su questa strana vicenda, ti è venuta qualche nuova idea?"

Il regista scosse la testa. "Se pensi che sia io a dover risolvere il caso riparti con il piede sbagliato. Ti faccio presente che per me organizzare l'evento ha comportato un impegno considerevole che ho assolto da serio professionista.

Nel frattempo ho conosciuto Miss Fanny, la storia con lei mi ha coinvolto emotivamente ed ha assorbito i miei pensieri. Ho vissuto giorni molto intensi sia dal punto di vista sentimentale che professionale. Non tocca a me spiegare cosa è successo qui!"

L'investigatore passò alla seconda domanda: "Dare un concerto basato sulla presenza olografica multipla ha comportato un grande impegno, come ti sei diviso i compiti con il tuo aiuto?"

Il regista spiegò come fosse riuscito a mostrare l'ologramma di Myskin nei vari teatri.

"Quella che ho impiegato è una tecnologia innovativa che mescola la realtà virtuale con quella aumentata. Il risultato può essere goduto dagli spettatori senza dover indossare scomodi dispositivi," affermò con orgoglio, poi specificò il ruolo ricoperto dal suo aiuto.

"Eric si è occupato della parte più tradizionale del progetto, in pratica si è dedicato alle riprese per la post produzione televisiva. Le emittenti che hanno acquistato i diritti dell'evento potranno trasmettere un concerto di grande qualità sonora e visiva, pur non potendo uguagliare la fedeltà tridimensionale raggiunta dalla diretta dei teatri."

"Se ho ben compreso," disse il detective, "del montaggio finale, ottenuto mescolando le varie riprese, si occuperà il tuo aiuto. La registrazione della telecamera frontale che mi hai consegnato è risultata completa di tutte le parti, mentre le riprese delle telecamere laterali si interrompono prima dell'ultima canzone. Come lo spieghi?"

Il regista scosse il capo, volle fare una verifica, poi disse: "Non capisco, hanno smesso di funzionare di colpo!"

Con aria ingenua Myles rimarcò che nel video frontale che aveva visionato si vedeva di tanto in tanto un minuscolo drone munito di telecamera miniaturizzata girare attorno al cantante, poi chiese se fosse possibile visionare la registrazione che aveva effettuato.

Il regista sfogliò l'elenco delle periferiche, poi disse con voce calma: "Eccola, ma c'è una password, per sbloccarla telefono al mio aiuto."

"Credi l'abbia inserita Eric?" chiese il detective.

"Potrebbe essere stato anche uno dei tecnici per evitare una cancellazione accidentale. Le riprese effettuate con il drone sono fondamentali in fase di post produzione, riescono ad aumentare il coinvolgimento emotivo dei telespettatori. Chiamo Eric per appurare chi può averla inserita. Penso stia ancora dormendo, prima delle nove non si è mai presentato al lavoro."

"Come mai? È un tipo svogliato?" chiese Myles.

"Tutt'altro, è dinamico e desideroso di aggiornare le proprie conoscenze. Ha curato in modo ottimale gli aspetti tradizionali del concerto, ma ha seguito con estremo interesse anche il mio lavoro. Mi sono trovato molto bene con lui, gli ho persino chiesto se fosse disposto a prolungare la sua permanenza in America per coadiuvarmi nel mio prossimo impegno: replicherò la finale di football in contemporanea su più campi da gioco. Gli spettatori dei vari stadi avranno la sensazione di assistere alla partita reale."

"Ha accettato?" chiese Myles.

"Non ha escluso future collaborazioni, ma per il momento aveva in cantiere un lavoro molto importante."

"Più importante della finale di football?" domandò con voce indignata il detective, da bravo sportivo.

Steven alzò le spalle: "È molto socievole, ma sul suo prossimo impegno non ha lasciato trapelare nulla."

Bry e Lion si lanciarono un cenno d'intesa, il regista ignorava il contenuto del file protetto.

Il professore consegnò a Myles il foglietto dove aveva annotato la password facendogli intendere che poteva procedere.

Benché impacciato nel ritrovare i caratteri speciali, il detective digitò con aria soddisfatta la serie segreta per mostrare al regista il contenuto del video.

Apparve il fotogramma conclusivo che raffigurava la stanza rossa con al centro la tuta stracciata.

Myles stava per premere il tasto rewind per visualizzare gli ultimi minuti della registrazione, ma il regista gli bloccò la mano avendo notato un particolare che non lo convinceva.

"Posso sbagliarmi, ma la tutina insanguinata di Myskin non si trova in quel punto della sala, come appare in questo frame. Non può essersi spostata da sola; vorrei tornare nella stanza dell'esibizione a controllare."

Myles stava per comunicargli che la sequenza che intendeva mostrargli avrebbe fornito la risposta al suo dubbio, evidentemente Myskin non aveva buttato l'abito nel punto convenuto con il complice.

Il professor Bry gli toccò il braccio e gli suggerì di assecondare la richiesta.

Il detective ed il regista uscirono dalla stanza, permettendo a Bry di parlare liberamente. "Steven è del tutto estraneo alla vicenda, hai visto che faccia meravigliata ha fatto? Che dici, lo lasciamo andar via o gli mostriamo la sequenza di Myskin nudo che spruzza il sangue?"

Lion non ebbe dubbi: "Facciamogliela vedere; lui è

innocente, pertanto non esiterà a rivelare chi può aver aiutato Myskin ad inscenare la truffa."

Bry annuì. "Colloco la registrazione alla fine dell'intervista, in modo che possa esaminare l'intera sequenza."

Il telefono di Bry si mise a squillare. Dal sorriso soddisfatto che l'uomo aveva fatto guardando il nome apparso sul display, Lion comprese che si trattava di Isabel.

Non era inserito il vivavoce, ma la voce della donna riempì ugualmente l'ambiente privo di rumore.

"Verrò molto volentieri a cena da te," disse Bry, prima di concludere la telefonata.

"Aspetta non chiudere," disse lei, "questa sera è prevista la pulizia della strada, se vuoi evitare multe parcheggia nella piazzola che trovi dopo la gioielleria *Diamonds*. Ciao, a dopo."

La telefonata ebbe termine prima che i due uomini rientrassero e non dette origine ad una situazione imbarazzante.

Myles prima di avviare la sequenza rivelatrice rivolse a Steven la frase di rivalsa che aveva covato a lungo: "Hai sempre sostenuto che non sarei riuscito a risolvere il caso, è arrivato il momento di rimangiarti una ad una le parole che hai pronunciato, vedi di non strozzarti!"

Il regista lo guardò con espressione perplessa, fino ad allora il detective si era mostrato gentile al limite dell'ossequio per farsi perdonare il colpo di karate che gli aveva inferto.

Richiamato dai bagliori emessi dal monitor Steven spostò gli occhi sull'inquadratura di Myskin che si denudava per poi colorare di sangue le pareti. Sobbalzò e restò a bocca aperta per diverso tempo, poi disse rivolgendosi a Myles: "Non mi sarei mai aspettato una cosa del genere… tu avevi la prova della colpevolezza di Myskin, per quale motivo mi hai portato qui?"

"Ti ho solo sottoposto alla prova del nove."

"Cos'è la prova del nove?" chiese il regista.

"Boh… non ne ho idea, ricordo che è un modo semplice di verificare l'esattezza del risultato di un'operazione aritmetica.

Dico così tutte le volte che controllo un alibi. Non ti ho messo alla prova per sfiducia, ma nel tuo interesse in modo da poterti scagionare definitivamente.

Da questo momento revoco le restrizioni che ti ho imposto: puoi raggiungere la tua violinista all'hotel e dirigerti con lei verso la baia sul mare. Ti impartisco un solo divieto: non devi contattare alcun tuo collaboratore, uno di loro è il complice!" disse Myles con voce autorevole, soddisfatto di aver ottenuto la sua rivincita.

Il regista assentì, ma poi specificò: "Non posso andare a prendere la mia Fanny, la mia auto è rimasta nel parcheggio del monolocale."

"A proposito posso chiederti per quale ragione lo hai affittato, non potevi incontrare Miss Fanny nella tua casa di Austin?" chiosò il detective.

"Dai miei genitori?" esclamò il regista facendo un'espressione disgustata.

Lion si intromise nella loro conversazione vedendo che stava scivolando su aspetti che poco avevano a che fare con il caso. "Chiedo scusa, probabilmente la mia osservazione è di poco conto, ma ho notato che si è appena spenta quella lucetta rossa in alto. È normale?"

La postazione regia era piena di pulsanti luminosi, Myles gli lanciò uno guardo supponente, come lo rivolgerebbe un papà al bimbo che gli fa presente che si è fulminato un insignificante lumicino disperso tra le mille luci di un albero di Natale.

Di diverso avviso si mostrò il regista, che esclamò: "Caspita che occhio, quella è la spia della webcam, qualcuno ha appena ascoltato la nostra conversazione da remoto. Il primo giorno che è arrivato qui ho spiegato al mio vice il funzionamento di questa postazione, a quanto pare ha messo a frutto i miei insegnamenti."

"Se si è preso la briga di monitorare questo posto vuol dire che è coinvolto," affermò Lion.

Assodata la responsabilità dell'aiuto regista, i quattro uomini lasciarono in fretta la stanza e si diressero a passo lesto verso l'uscita, rompendo con i loro passi il silenzio che regnava nell'edificio.

Grazie alla notevole falcata Myles distanziò gli altri, nel frattempo si mise in contatto con un poliziotto della centrale, ed iniziò ad imprecare di brutto: "Dannazione, quando serve qualcosa con urgenza non si trova mai. Il fascicolo, l'ho riposto nel primo tiretto della scrivania o al massimo lo trovi nello scaffale… sì quello con tanti faldoni."

"Presumo che tu voglia recuperare il foglietto dove un poliziotto ha appuntato i numeri di telefono e gli indirizzi di coloro cui hai imposto il fermo e voglia servirtene per raggiungere l'alloggio di Eric. Mi domandavo se ti interessa ricevere il mio aiuto, visto che sono stato io a trovargli la sistemazione," disse Steven, ma poi scosse il capo ed abbassò la mano destra, "lascia stare, parlo a vanvera, tu te la cavi benissimo da solo. Ho smesso di giocare alla caccia al tesoro dopo i quindici anni, scommetto che a te piace parecchio quel tipo di gioco, non mi resta che augurarti buona ricerca del fascicolo!"

"Ehm… scusa per prima, ho accumulato un po' di tensione ultimamente," disse Myles mogio, "ti sarei infinitamente grato del tuo contributo."

"Il mio aiuto si trova al n° 14 del complesso residenziale successivo a quello che ho affittato per incontrare Miss Fanny. Lì gli appartamenti sono più grandi, Eric lo ha preso in affitto insieme a Malcolm, il produttore, ed a Myskin."

"Presumo che effettuerò più di un arresto!" disse Myles, soddisfatto, ritenendo l'intero trio responsabile della truffa.

Appena fuori dall'edificio, Bry trattenne per un braccio il poliziotto, a bassa voce gli disse: "Non puoi impegnarci in un'operazione di pubblica sicurezza, stai per compiere degli arresti, devi servirti di veri agenti e di una volante, la mia auto non è una multiposto."

Myles lo guardò contrariato, ma convenne che il professore aveva ragione, afferrò la radio hi-tech e si mise in contatto con due pattuglie, che non si trovavano distanti.

Il detective salì su una volante e lasciò il parcheggio a tutta velocità per raggiungere il residence dell'aiuto regista. Con un po' di fortuna lo avrebbe trovato ancora intento a preparare la fuga.

L'adrenalina scorreva nelle sue vene, ma era soddisfatto per come si stavano mettendo le cose. Già si vedeva accerchiato dai giornalisti che lo osannavano per aver trovato la soluzione dell'insolito caso.

Bry nel frattempo aveva imboccato la strada che conduceva all'hotel, per permettere al regista di recuperare Miss Fanny.

Durante il percorso i tre uomini commentarono gli ultimi sviluppi del caso.

Il regista comprendeva la posizione di Myskin e del suo produttore che avevano deciso di giocarsi il tutto per tutto per riagguantare fama, soldi e successo, ma non riusciva a capacitarsi che Eric fosse invischiato in una vicenda così squallida.

"Durante le prove mi ero accorto del nervosismo del cantante e del suo produttore," affermò Steven, "li ho rassicurati più volte, dicendo che il concerto avrebbe avuto successo, Myskin avrebbe scalato di nuovo le classifiche dopo la brusca battuta di arresto degli anni precedenti.

Mi meraviglia invece che un giovane così talentuoso come Eric abbia accettato di impiegare le proprie brillanti competenze in un'attività truffaldina che a lui avrebbe portato ben pochi vantaggi."

Lion annuì. "Comprendo il tuo rammarico, anch'io nei miei scritti ho spesso appuntato che *il sapere è il supremo bene: acquisire conoscenze giova all'intelletto, permette di scacciare le cose inutili e conservare quelle buone.*"

Il regista lo guardò meravigliato: "Non avevo mai conosciuto un agente della polizia che non solo possiede una capacità d'osservazione incredibile, ma ha addirittura scritto libri dal grande spessore morale. Sono sicuro che farai una carriera brillante, diventerai il nuovo Chief of

Department."

Bry scosse il capo infastidito, pensò che Lion si fosse esposto troppo.

Avrebbe dovuto tener fede a quanto concordato: loro due stavano operando in incognito, al massimo erano due poliziotti semplici alle dipendenze di Myles. "Il mio collega non ha mai pubblicato un libro in vita sua, hai presente i diari in cui gli adolescenti riversano i loro pensieri?

Lui ne ha compilati diversi. Come te si rattrista quando vede un uomo di talento compiere un crimine. Non si è ancora abituato all'idea che i veri malviventi non sono sprovveduti, ma posseggono conoscenze approfondite e sofisticate."

"Diari dove appuntare i propri pensieri?" chiosò il regista, "che animo sensibile, pensavo fossero cose da ragazzine."

A sentire quei discorsi a Lion si rimescolò il sangue: i suoi preziosi codici come potevano essere equiparati ai diari di una tenera fanciulla sprovveduta?

Non potendo replicare ingoiò l'offesa e si limitò a sbuffare.

I due invece seguitarono a conversare, ma spostarono il discorso su Myles.

"Devo fare mea culpa," disse il regista, "lo devo rivalutare, anche se la sua scaltrezza si accompagna a qualche ingenuità."

Il professore volle sapere a cosa si riferisse.

"Poco fa mi ha dato la possibilità di mettere mano sulla prova schiacciante che incastra Myskin ed i suoi complici. Se fossi stato implicato, avrei potuto distruggere il file."

"Non sarebbe successo nulla di grave," affermò Bry, "ho provveduto a farne un duplicato, l'ho inviato al cloud. Io faccio sempre una copia delle cose importanti."

La precisazione del professore iniziò a frullare nella testa di Lion: la trovò oltremodo rivelatrice.

16
RAPITA O COMPLICE?
Hotel nel North Loop, Austin, Texas

Bry accostò l'auto all'ingresso dell'hotel per dare modo a Steven di riprendere Miss Fany. Dopo qualche minuto il regista tornò trafelato.

"Meno di un quarto d'ora fa si è presentato un giovane," disse il regista, "il portiere afferma che lei è salita spontaneamente sulla sua auto. Allarmato ho visionato la ripresa della telecamera esterna. L'immagine del monitor è piccola, ma non ho dubbi, è Eric!

Lui le ha aperto lo sportello anteriore e l'ha fatta accomodare, poi ha sistemato il trolley sul sedile posteriore. In macchina c'era un altro uomo, ho intravisto solo la sagoma. La testa mi sta scoppiando, non so cosa pensare."

Steven era stravolto, assalito da mille dubbi, stava per crollare, possibile che la sua ragazza fosse complice del suo aiuto?

Bry non sapeva come tranquillizzarlo.

Lion cercò di fare chiarezza. "Miss Fanny lo ha seguito

spontaneamente, ma non vuol dire che sia sua complice; Eric può averle detto che l'avrebbe accompagnata da te.

Lei non sospetta che lui sia coinvolto, pertanto non aveva motivo di rifiutarsi di salire in auto."

Il volto del regista si rasserenò, ma Lion lo portò a considerare un nuovo aspetto del problema: "Eric ha improvvisato il piano di fuga dopo aver ascoltato la nostra conversazione via webcam. Sapeva di trovare Miss Fanny in albergo ed ha deciso di prelevarla per garantirsi una certa protezione, nessuno oserà catturarlo in modo violento; tuttavia, appena lei comprenderà che non la sta conducendo da te, risulterà d'intralcio, pertanto può essere in grande pericolo."

Steven ripiombò nell'angoscia, ma Lion lo portò di nuovo a ragionare: "Sto esprimendo le mie considerazioni a voce alta per trovare una soluzione; è fondamentale che tu conservi la lucidità. C'è un modo per scoprire dove sono diretti?"

Il volto del regista si illuminò, prese in mano il suo cellulare. Bry gli fece presente che non era una buona idea chiamare Miss Fanny, avrebbe creato una situazione pericolosa mettendola in allerta.

"Non sto telefonando, cerco di localizzarla," affermò Steven seguitando a digitare, "il nostro è stato un colpo di fulmine, ho preso delle precauzioni.

Appena ho iniziato a frequentarla, ho scaricato sul suo telefono un'applicazione che mi consentiva di conoscere i suoi spostamenti ed udire l'audio circostante. Non ho rilevato alcun comportamento anomalo e non l'ho più utilizzata, ma ora ripristino il collegamento."

Poco dopo udirono la voce di Eric che cercava di rassicurare la donna: "Hai ragione, non è questa la direzione per la Costa del Golfo, ma Steven mi ha dato indicazioni precise. Dopo avermi informato che il detective Myles ha archiviato il caso, ritenendolo una spiacevole anomalia, mi ha proposto di unirci a voi per una breve vacanza al mare, ma io gli ho fatto presente che Malcolm era distrutto. Come vedi non si regge in piedi, ieri sera si è ubriacato.

Steven è molto generoso, quando gli ho fatto cenno delle sue condizioni pietose si è rattristato ed ha proposto una nuova meta, conosce un resort esclusivo molto rilassante, con una bellissima piscina che non ti farà rimpiangere il mare. Non temere noi due non vi disturberemo, faremo lunghe passeggiate."

"Come mai non è venuto lui a prendermi?" chiese la donna con voce ansiosa.

"Steven deve sistemare alcune cose urgenti, ha incaricato me, non voleva lasciarti da sola nell'hotel che in mattinata si sarebbe svuotato."

"Voi uomini affermate di metterci al primo posto, ma lo fate solo a parole," disse la donna con voce lamentosa.

Per diverso tempo udirono solo il suono del vento che entrava dai finestrini aperti.

Il regista mostrò il display dello smartphone a Bry ed a Lion: sulla mappa di Austin si vedeva un puntino rosso che lampeggiava e si spostava velocemente. "Guarda, stanno per lasciare la città, si dirigono ad ovest," proruppe Steven con un tono di voce agitato.

Lion cercò di tranquillizzarlo: "Lei non ha protestato, si

è solo lamentata. Nessuna donna reagirebbe in quel modo… non si è bevuta la versione del tuo aiuto, lo sta assecondando, appena potrà lascerà l'auto."

Il puntino si mise a lampeggiare in modo costante al centro di un piazzale, doveva trattarsi di un'area di servizio.

"Faccio rifornimento e bevo qualcosa, mi accompagni?" chiese Eric con tono premuroso.

"Non ho sete, non mi va di fare la fila al bar," asserì Miss Fanny.

Si udì chiaramente il rumore di uno sportello che si chiudeva e si riapriva subito dopo. "Ho il cellulare scarico, puoi prestarmi il tuo?" chiese Eric con tono deciso.

Al rimestio tipico che fanno gli oggetti che sballottano dentro una borsa, seguì un rumore lesto di passi, poi un tonfo sordo ed infine un vocio attutito e continuo.

Il puntino dopo un lieve spostamento iniziò a lampeggiare in modo fisso, Eric aveva buttato il telefono nel cestino dei rifiuti.

"Rechiamoci sul posto, saremo lì in dieci minuti!" disse il regista con tono agitato, ma il professore gli intimò di conservare la calma dicendogli che non poteva assecondarlo.

"Per forza di cose non posso prendere una decisione di questo tipo senza prima avvertire il mio capo."

Nel frattempo Myles aveva sistemato i suoi uomini in punti strategici per bloccare ogni via di fuga del residence dov'era alloggiato l'aiuto regista. Si apprestava a rompere il vetro di una finestra, quando vibrò il suo telefono. "Non posso parlarti sto per fare irruzione nell'appartamento," sussurrò il detective.

"È inutile che tu ti dia tanto da fare, in casa non troverai nessuno," affermò Bry, "vieni al parcheggio dell'hotel, ti spiegherò tutto."

Le due volanti coprirono la breve distanza in pochi minuti. Bry illustrò la situazione al detective, che dopo aver appreso dal regista colore e modello dell'auto del suo aiuto, si diresse a tutta velocità al piazzale da dove proveniva il segnale fisso.

Non vide nessuna auto di quel modello, a Myles non restò altro da fare che infilare con coraggio la mano nel cestino dei rifiuti presso il bancone del bar.

Recuperò soddisfatto il telefono di Miss Fanny, ma non riuscì a trattenere un'imprecazione allorché vide la sua mano cosparsa di ketchup.

Quando arrivarono le altre auto, Myles era ancora intento a pulire le dita con un tovagliolino di carta, prelevato al bancone.

"È qui la mia Fanny?" chiese disperato il regista.

Il detective scosse il capo, ma nel frattempo cercò di rassicurarlo: "Sono diretti verso il confine, li fermerò prima."

Un agente scese dalla seconda volante e consegnò a Myles un frame ingrandito, tratto dalla videocamera di sorveglianza dell'hotel.

"La targa del mezzo è leggibile," esclamò soddisfatto il detective, poi si rivolse al regista: "Come vedi mi muovo bene, ho tutto il necessario per procedere, non riusciranno a sfuggirci!"

Myles dette prova di grande efficienza: mise una volante all'inseguimento dei fuggitivi, poi contattò la centrale per allertare tutte le pattuglie che si trovavano nei dintorni, in modo da predisporre posti di blocco.

Benché rincuorato dalla solerzia del detective, Steven non riusciva a contenere l'ansia, nel giro di poche ore la sua Fanny era di nuovo in pericolo.

I tristi pensieri vennero interrotti dallo squillo del suo cellulare, numero sconosciuto recitava la scritta sul display. Avvertì una voce debolissima, mise in viva voce per ampliare il bisbiglio indistinto.

"Non ti adirare," supplicò Miss Fanny, "credimi non potevo fare diversamente."

Myles, Lion e Bry si avvicinarono per ascoltare la conversazione.

La donna, dopo qualche tentennamento, riprese a parlare: "La situazione mi è parsa così irreale, ho temuto che mi stessi infilando in un vicolo cieco… appena ho potuto sono scesa dall'auto."

"Dove sei ora?" chiese il regista rasserenato, ma con tono deciso.

"Sapevo che ti saresti infuriato," ammise la donna, "ma sono rimasta scombussolata dall'improvviso cambiamento di programma. Mi avevi promesso che avremmo raggiunto la baia sul mare; invece mi sono ritrovata in auto con Eric e Malcolm, che per quanto stava male per la perdita di Myskin non riusciva a stare eretto sullo schienale posteriore. Più che alcool mi ha dato l'idea che avesse fatto uso di qualche brutta droga.

Il tuo aiuto è stato gentilissimo, ma è preoccupato per Malcolm, mi è sembrato teso come le corde del mio violino.

Quando si è fermato in un'area di sosta per riempire una tanica e fare il pieno, Eric mi ha chiesto in prestito il mio cellulare, quello con la cover piena di brillantini, dicendo che il suo era scarico, ma ho notato che in realtà era collegato mediante un caricatore usb alla presa dell'accendisigari.

La testa ha iniziato a martellarmi, appena si è recato al bar mi sono allontanata d'impulso. Ho lasciato il trolley in auto, il produttore vi si era accasciato sopra. Mi sono infilata in una tavola calda, la proprietaria mi ha prestato il suo cellulare. Ora che ti ho sentito mi sono rassicurata, prendo un cartoccio di churros e torno in auto, giustificherò il mio allontanamento dicendo che ho visto l'insegna e mi è venuta voglia di uno spuntino."

"Amore mio calmati, va tutto bene, prendi pure gli sfizietti che preferisci, ma sappi che c'è stato un equivoco tra me ed il mio aiuto. Noi due andremo alla baia sul mare come previsto, mentre loro raggiungeranno il resort.

Eric mi ha contattato con il tuo cellulare e me lo ha riconsegnato poco fa," affermò il regista strappando dalle mani di Myles lo smartphone, la cui morbida cover era coperta di brillantini diamantati e di minuscoli puntini rossi di ketchup, che sembravano rubini.

"Sei nel piazzale?" chiese la donna con meraviglia.

"Certo, gli ho chiesto io di fare rifornimento in questa area di servizio, dove vi avrei raggiunto nel caso mi fossi sbrigato subito."

"Che vergogna, Eric sta ascoltando la nostra conversazione? Mi prenderà per una paranoica."

"Sono solo, non ti preoccupare. Appena mi hai detto

dov'eri gli ho fatto cenno che ti avevo rintracciata e poteva andar via."

"Ho portato con me solo la borsa e la custodia con il violino, che è la cosa più preziosa che ho, naturalmente dopo di te. Oltre il cellulare Eric ti ha consegnato il mio trolley?"

"No! Vuoi che lo chiami per farlo tornare indietro?"

"Contiene solo vestiti scuri, non penso siano adatti per la spiaggia."

"Lungo la strada del mare c'è una boutique che non ti deluderà."

Appena il regista terminò la chiamata Myles volle sapere per quale motivo le avesse fornito una ricostruzione così diversa dalla realtà.

Fu Bry a rispondere: "Si è arrampicato sugli specchi per tranquillizzarla: le donne amano le emozioni piacevoli, non le situazioni stressanti!"

"Il pericolo che ha corso glielo dirò al ritorno," ammise Steven, "nel frattempo vi sarei grato se la mia Fanny trovasse solo me nel piazzale invece di un drappello di poliziotti. Prenderemo un taxi per recuperare la mia auto, per una settimana non ci sarò per nessuno: spengo subito il mio telefono!"

I tre uomini lo salutarono, augurandogli una vacanza ritemprante. Si accomodarono nell'auto, Bry stava per mettere in moto, ma Myles gli bloccò il braccio dicendo: "Non posso andar via, devo sincerarmi che ogni cosa stia a posto."

Fanny sbucò tra le auto parcheggiate, raggiunse Steven e lo abbracciò a lungo. La scena riportò alla mente di Myles il lungo bacio che aveva ricevuto dalla violinista.

"Possiamo ripartire ora? Ti sei sincerato abbastanza? Indugi come un guardone!" disse Bry scocciato dall'espressione compiaciuta del detective.

"Mio compito è vigilare!" protestò prontamente Myles, "ora possiamo andare, mi spiace farvi fare una deviazione, non sono rientrato in centrale con la volante perché volevo ringraziarvi del vostro prezioso aiuto. Bry mi ha accennato ad un favore, farò tutto il possibile per accontentarvi. Venite a trovarmi quanto prima."

17

LA TIGRE

Rientrato in centrale, Myles si recò nella sala operativa per coordinare le ricerche dei fuggitivi. Il poliziotto addetto alla reception lo raggiunse trafelato.

"C'è una donna che ti cerca!"

"Ho ordinato di non disturbarmi, è in corso un'operazione urgente!" lo apostrofò Myles irritato.

"Preferisco i tuoi rimproveri a quelli della donna che vuol vederti," disse l'uomo per fargli intendere la gravità della situazione.

"Ti ha detto chi è e cosa vuole?"

"Quando gli ho comunicato che non c'eri per nessuno si è messa a sbraitare."

"Accompagna l'avvocatessa Layla nel mio ufficio," disse Myles, avendo compreso chi fosse la donna che lo cercava.

L'uomo non si mosse. "Negativo, capo, mi faccia rapporto, ma io dalla tigre non ci torno!"

"E che sarà mai!" sbottò il detective, contrariato da tanta pusillanimità, "una tigre è solo un grosso gatto che va preso per il verso giusto. Vedrai, la belva uscirà dal mio ufficio facendo le fusa!"

L'uomo alzò le spalle, pronto a sacrificarsi.

Myles si affrettò alla scrivania per ricevere l'avvocatessa. Il primo pensiero che gli venne in mente fu di togliere la foto di Isabel con la scritta *"Sii prudente!"* che lo faceva sentire un camionista coscienzioso. Prese la chiave dal posacenere, utilizzato come contenitore dato che da bravo salutista non fumava, e nascose il portaritratto nel secondo tiretto della scrivania.

Lì rinvenne il fascicolo smarrito. "Eccolo! Ora ricordo, l'ho infilato qui perché si era scompaginato," esclamò compiaciuto, poi chiuse il tiretto e riposizionò la chiave nel posacenere tra le altre minuterie.

Layla spalancò la porta e si fiondò alla scrivania. L'espressione truce ed il dito indice puntato contro lo sbigottito detective non lasciavano presagire nulla di buono.

L'avvocatessa era doppiamente irata, con sé stessa e con il detective. Si rimproverava di aver acconsentito che il suo cliente si recasse al *Metacentrum* senza la sua presenza. Era sicura che Steven avrebbe dimostrato la sua totale estraneità alla faccenda, ma evidentemente le cose erano andate diversamente. Terminato il sopralluogo lui avrebbe dovuta chiamarla, ma non l'aveva fatto. Da più di un'ora cercava di contattarlo, ma il suo telefono risultava irraggiungibile. Con il passare del tempo si era convinta che Myles avesse messo sotto sequestro il telefono del regista per vagliare chiamate e contatti.

Layla stava per proferire la sua feroce invettiva, ma Myles la prevenne accogliendola con un largo sorriso; pensava che si fosse alterata per essere stata bloccata all'ingresso come una scocciatrice.

A lui piaceva proprio perché lei non si comportava come le altre donne che lo avvicinavano per conquistarlo. Sempre genuina, non adoperava tattiche seduttive, non faceva la carina disposta a compiacerlo. Pur manifestando una chiara attrazione verso di lui non era appiccicosa, né si abbandonava allo struggimento sentimentale.

Myles la invitò ad accomodarsi nel salottino situato oltre la scrivania, dicendole: "Volevo contattarti, ma non mi hai lasciato il numero."

"Il mio recapito telefonico lo trovi nell'albo degli avvocati di Austin," disse Layla in modo risentito.

"Giusto!" esclamò lui colpendosi la fronte con la mano, "il fatto è che le circostanze mi portano a considerarti più una mia preziosa collaboratrice che non il difensore del regista!"

Spiazzata dalle parole di Myles che confermavano i suoi sospetti, lei tentennò e lui ne approfittò per proseguire: "Vorrei parlarti in modo confidenziale a pranzo."

Myles sperava di portarla in un bel localino per poter avviare con lei una relazione sentimentale. L'avvocatessa invece pensò che lui la stesse convocando in un luogo riservato per riferirle la natura dell'accusa a carico del suo cliente prima della formalizzazione ufficiale.

Allarmata per l'inaspettato procedimento che intendeva avviare, lo apostrofò con tono minaccioso: "Accetto l'invito, a patto che mi sveli con estrema chiarezza le tue reali intenzioni!"

Myles la guardò perplesso, era la prima volta che iniziava una relazione con una donna decisa fin da subito a mettere nero su bianco ogni aspetto del loro rapporto. Poi rammentò che Layla, oltre che una donna attraente era un serio professionista, evidentemente aveva curato gli accordi prematrimoniali di qualche vip e ne era rimasta condizionata.

Ne aveva sentiti di bizzarri, oltre le mille postille riguardanti ville, beni ed impegni di lavoro, qualcuno aveva messo per iscritto persino il numero e la natura delle prestazioni sessuali da erogare settimanalmente, in modo da poter scongiurare eventuali infedeltà coniugali.

"Io faccio sul serio," sbottò Myles, alquanto amareggiato, "sarò molto preciso e dettagliato!"

Il detective non riusciva a contenere la propria delusione, vedendo che il suo primo appuntamento si stava trasformando in una udienza preliminare. Sbuffò infastidito, le clausole legali diminuiscono di molto il romanticismo di un pranzo consumato in un tavolo defilato.

"Il mio cliente?" chiese la donna con tono brusco.

Myles tirò un respiro di sollievo pensando che lei intendesse cambiare argomento, poi disse sorridendo: "Oh, lui è in buona compagnia!" Caricò la frase con molta ironia, non potendo esimersi dal paragonare la tenera arrendevolezza di Miss Fanny al rigido legalismo dell'avvocatessa Layla.

Quel sorriso sornione fu mal interpretato: lei temette

che il regista fosse stato sbattuto in cella insieme a qualche losco criminale.

"Posso vederlo?" disse lei con tono rassegnato.

Myles pensò che Layla avesse bisogno del suo aiuto per rintracciarlo, corrugò la fronte per individuare il modo di accontentarla. Steven era diretto verso la baia, ma aveva spento il cellulare per non essere disturbato. Da astuto detective ebbe un'idea geniale: bastava videochiamare Miss Fanny che era seduta al suo fianco.

"Recupero la chiave, vedo se posso accontentarti," disse senza togliere dal viso l'espressione efficiente che lei non riusciva a decifrare. Myles si alzò dalla poltrona ed afferrata la chiave nel posacenere aprì il secondo tiretto, poi si mise a frugare a capo chino tra le carte sparpagliate del fascicolo alla ricerca del foglio con i recapiti degli orchestrali. Appena lo trovò lo poggiò sulla scrivania.

L'avvocatessa pensò che il detective stesse recuperando la chiave della cella dove aveva rinchiuso il regista. Preoccupata, si alzò dalla poltrona e si portò in silenzio alle sue spalle per supplicarlo di non tenerla più sulle spine.

Quale accusa intendeva rivolgere al suo assistito? Myles riteneva che fosse stato negligente o che avesse voluto nuocere deliberatamente al cantante?

Layla prese coraggio e gli sussurrò nell'orecchio: "Cosa mi stai nascondendo?"

Non essendosi accorto della sua presenza, il detective sobbalzò ritenendo che lei avesse intravisto all'interno del cassetto la foto di Isabel.

Myles si girò di scatto, contrariato che lei ficcasse il naso nei suoi trascorsi sentimentali, esclamò: "Vuoi proprio saperlo? Su certe cose vige il segreto!"

Nel frattempo chiuse il tiretto con un colpo netto di sedere, per celare lo scheletro della sua amante.

Riteneva ingiusto il terzo grado a cui Layla lo stava sottoponendo: pretendeva che avesse un passato immacolato come quello di un monaco tibetano che non può toccar donna?

L'improvviso irrigidimento di Myles fu mal interpretato. L'avvocatessa pensò che sul reato commesso dal suo assistito vigesse il segreto istruttorio e che Myles, infastidito dalla sua insistenza, non volesse più anticiparle nulla.

Con aria triste tentò di rabbonirlo: "Non ho intenzione di estorcerti cose sulle quali, per ora, preferisci mantenere il riserbo. Non voglio irritarti, però in seguito mi illustrerai ogni minimo dettaglio."

Myles avrebbe voluto abbracciarla, gli dispiaceva vederla soffrire, non desiderava essere conteso da due donne. Sapeva di essere un uomo desiderabile sotto tutti i punti di vista. L'orgoglio tutto maschile che provava per sé non avrebbe dovuto tramutarsi in una sofferenza per chicchessia. Purtroppo era figlio unico, non disponeva di un fratello gemello da consegnare!

In ogni caso aveva già deciso chi rendere felice.

La relazione con Isabel era ripresa dopo che si era recato da lei per porgerle le condoglianze per la morte del marito, entrambi sapevano che non avrebbe avuto un seguito.

Myles tuttavia preferì tacere, non trovava le parole giuste per rassicurarla; permalosa com'era avrebbe pensato che si fosse approfittato di una povera vedova. In un istante Isabel da temibile rivale sarebbe passata a vittima da difendere, per via della solidarietà tutta femminile vigente tra il gentil sesso.

Il lungo silenzio del detective venne interpretato dall'avvocatessa come un netto rifiuto ad infrangere il segreto istruttorio, tanto più che ora lui la stava ignorando del tutto, intento com'era a scorrere il dito su un foglio ed a digitare un numero sullo smartphone.

Decise di andar via, il pranzo era saltato, Myles non voleva confidarle l'incriminazione addebitata al regista, perciò disse: "Scrivo il mio numero sul planning da tavolo, avvertimi quando vorrai farmela conoscere," alludendo all'accusa che il detective avrebbe formalizzato a breve.

Layla rialzò il capo dalla scrivania e si trovò di fronte il volto di Miss Fanny, con i capelli sul viso, scompigliati dalla brezza dell'oceano che sibilava dal finestrino aperto.

"Ma lei è… la violinista!" esclamò l'avvocatessa con meraviglia.

Myles ritrasse lo smartphone e si affrettò a chiudere la videochiamata: doveva assolutamente chiarire che nel tiretto non aveva nascosto il ritratto di Miss Fanny e che non la stava mettendo in contatto la sua amante che lei si ostinava a voler conoscere.

"Ti garantisco che tra me e Miss Fanny non c'è nulla. L'ho chiamata perché hai espresso il desiderio di parlare con Steven. Sono diretti alla Baia di Aransas per una breve vacanza, ora ripeto il numero."

Lei lo guardò stupita per il suo strano modo di fare. Myles si sentì obbligato a precisare ogni dettaglio, come gli era stato precedentemente richiesto: "Va bene, lo confesso, tra noi c'è stato un lungo bacio notturno, ma lei pensava fossi il suo fidanzato ed io l'ho lasciata fare per non spaventarla, ma ti garantisco non siamo andati oltre: a me piaci tu!"

"Un semplice bacio ti ha scombussolato così tanto?" replicò lei, felice per l'ultima ammissione di Myles, "poverino, per questo eri così titubante a mettermi in contatto con il mio cliente, avevi timore di rivedere la conturbante Miss Fanny!

I due piccioncini li richiamiamo dopo; tu non preoccuparti ti farò dimenticare il bacio assassino che la perfida violinista ti ha inferto contro la tua volontà!"

Attrasse a sé il frastornato detective e poggiò le labbra sulle sue, per evitare che continuasse a farfugliare cose insensate, dimostrandogli che anche un arido avvocato sa come tendere e far vibrare le corde giuste senza nemmeno avere un violino a disposizione.

Uscirono sorridenti dall'ufficio per la pausa pranzo. Quando passarono davanti la guardiola, il poliziotto li guardò stupito. Vedendo la tigre ammansita fare moine come una gatta, portò rapidamente alla fronte la mano destra, in segno di saluto, dicendo: "Affermativo, capo, missione compiuta!"

18
L'INSEGUIMENTO
Verso il confine, Texas

Il pranzo al ristorante si rivelò piacevole e promettente, anche se venne interrotto più volte dalle comunicazioni che pervenivano dalla centrale.

Con tono vittorioso, il poliziotto in sala operativa dapprima comunicò l'avvistamento dell'auto ricercata, mentre nel successivo contatto specificò che la pattuglia ne aveva perso le tracce.

"Falli tornare indietro, i fuggitivi hanno lasciato l'arteria principale e si sono immessi in una via secondaria, controlla sulla mappa se c'è una deviazione!" ordinò Myles.

Il dovere lo costrinse a rientrare, ma prima di allontanarsi riuscì a strappare alla sua nuova fiamma un bacio ed un invito a cena.

In sala operativa l'atmosfera era diventata frenetica, Myles chiese ragguagli sull'inseguimento.

"La pattuglia ha eseguito il tuo ordine," affermò il poliziotto, "ma non porterà ad alcun risultato. La strada accidentata, che i nostri uomini hanno imboccato, sfocia in un'area picnic dismessa da tempo. Oramai ogni auto è dotata di navigatore satellitare, nessun fuggitivo sano di mente si infilerebbe in una trappola per topi!"

Myles contrariato si morse un labbro non sapendo cosa replicare, ma proprio in quel momento pervenne la voce concitata di un poliziotto della volante: "Forse ci siamo, molta polvere si sta depositando sul nostro parabrezza, un veicolo è appena transitato da queste parti."

Dalla centrale il poliziotto che seguiva sul monitor il percorso della volante, impartì un improvviso ordine perentorio: "Riducete la velocità! Il lungo rettilineo che state percorrendo dopo la curva a gomito sfocia in un piazzale transennato, oltre c'è solo una scarpata."

Myles aggiunse un nuovo ordine: "Tenete pronte le armi per intimare l'alt ai fuggitivi."

Poco dopo udirono la voce del poliziotto che si trovava nell'auto inseguitrice: "Negativo, capo, nell'area di sosta non c'è nessun mezzo!"

"Non ditemi che dopo il cantante è sparita anche un'auto. Non può essersi volatizzata. Scendete e controllate!" intimò il detective Myles.

Il poliziotto si diresse a piedi verso il bordo del piazzale, commentando ciò che vedeva: "Una parte della staccionata in legno è divelta. Mi affaccio per controllare. In fondo al burrone vedo un auto, sta andando in fiamme!"

Seguì un forte boato che udirono anche in centrale: l'auto era esplosa.

"Da qui è impossibile scendere," proseguì il poliziotto, "sul confine che separa il piazzale dal bosco c'è un sentiero scosceso che porta a valle, ci rechiamo in basso a controllare; se gli occupanti sono stati sbalzati fuori potrebbero esseri feriti, ma se sono intrappolati nell'abitacolo troveremo solo resti carbonizzati, le fiamme che si levano dall'auto sono enormi."

"Non mi meraviglia," disse Myles, "l'aiuto regista ha riempito di carburante un'intera latta di scorta. Voi due procedete con prudenza, potrebbero verificarsi nuove esplosioni, controllate da lontano se vi sono superstiti.

Nel frattempo allerto un elisoccorso ed i vigili del fuoco, anche se dubito potranno operare su un terreno così accidentato. Verrò sul posto in elicottero, dovrebbe esserci spazio per l'atterraggio, il piazzale è ampio. Passo e chiudo."

Myles raggiunse il luogo dell'incidente, l'auto in fondo al burrone era ancora fumante. Un canadair aveva spento le fiamme; l'elisoccorso era ripartito, la presenza del personale sanitario si era rivelata inutile: all'interno dell'auto si intravedevano solo i resti carbonizzati di due corpi.

"Andavano a forte velocità, non sono riusciti a fermarsi in tempo," disse un poliziotto della volante che li aveva inseguiti.

"Avrebbero fatto meglio a consegnarsi," affermò Myles, rammaricandosi di non essere riuscito a catturare vivi i due fuggitivi.

L'aiuto regista ed il produttore avevano pagato un prezzo alto per il loro crimine, tenendo conto che per il reato di frode non è certo prevista la pena capitale. Fermo restando la compromissione del proprio buon nome, che un individuo è l'unica cosa che realmente possiede.

L'unico ad averla fatta franca era Myskin, approfittando del fatto che tutti lo consideravano morto, era riuscito a far perdere le sue tracce. Secondo Myles aveva già passato il confine con documenti falsi, diretto chissà dove.

Non era detta l'ultima parola: un esperto in finanza, seguendo i ricavi delle vendite dell'ultimo disco e districandosi per le vie contorte che percorre il denaro illecito lo avrebbe rintracciato prima o poi.

Il caso era definitivamente chiuso, almeno per quello che riguardava il lavoro del detective: la sua indagine poteva dirsi conclusa con successo!

Tornato in centrale Myles decise di dare un comunicato nel corso del telegiornale serale. Gli dispiaceva rinviare di un'ora la cena con Layla ma la massima visibilità gli avrebbe consentito di aggiungere un tassello in più verso la tanto sospirata promozione.

19
COSTELLAZIONE DI METAVERSI
Fattoria di Sophia nei pressi di Austin, Texas

Lion e Bry erano rientrati in fattoria per il pranzo. Sophia ignorava che i suoi due ospiti per tutta la notte avessero affiancato nelle indagini il detective Myles.

Notando le loro vistose occhiaie non si era lasciata sfuggire un commento malizioso: "La vita notturna nella Live Music Capital può risultare molto piacevole, si può incappare in eventi eccezionali ogni sera. Che sciocca, i club chiudono alle due, massimo alle tre. Di certo la città by night ha riservato per voi altri stimoli e passatempi."

"Non immagini quanti!" disse Bry sorridendo, per nulla infastidito dalle considerazioni di Sophia, "tuttavia la vera emozione che aspettavo avrà luogo questa sera!"

"Non fare il misterioso, tra vecchi amici si può esser sinceri," lo incalzò Sophia.

"Ho un invito a cena tutto per me!"

La donna comprese al volo che era riuscito a riallacciare il rapporto con Isabel ed insistette per festeggiare con un brindisi.

Si spostarono in salotto per chiacchierare e sorseggiare lo champagne conservato in frigo per le occasioni.

Come sottofondo la padrona di casa mise un programma che proponeva musica rilassante, a cui seguì un dibattito in studio con esperti. Il tema trattato sembrava interessante, incuriosiva già dal titolo: *Anomalie nel Metaverso.*

Il conduttore dopo un breve saluto presentò gli ospiti in studio e diede la parola al primo opinionista che si attardò in una noiosa dissertazione, ritenendo il Metaverso un'evoluzione di Internet. Proseguì contestando il termine con cui lo si indicava; a suo avviso il vocabolo Metaverso non corrispondeva ad un tipo specifico di tecnologia, ma ne includeva parecchie, come la realtà virtuale con i suoi spazi 3D condivisi e la realtà aumentata intenta a combinare il mondo fisico con quello digitale.

"Il quadro si complica ulteriormente," disquisì l'esperto, "considerando le piattaforme per giocare e socializzare, dotate di spazi di ritrovo e sale virtuali, l'ecosistema dell'adaptive learning con le sue coinvolgenti modalità di apprendimento e l'e-commerce in crescente espansione. Ci troviamo pertanto di fronte ad una Costellazione di Metaversi."

Il conduttore scosse il capo: "Questo pomeriggio non ci eravamo prefissi il compito di stabilire se esista un luogo unificato da indicare come Metaverso, più semplicemente volevamo chiarire se alcune piattaforme o modalità di fruizione possano risultare pericolose. È questa la domanda che i nostri ascoltatori ci hanno posto alla luce di ciò che si è verificato nel nuovo complesso di Austin, denominato *Metacentrum*."

Si sollevò un forte brusio in studio, un altro opinionista, coprendo le voci degli altri, riuscì a prendere la parola. "Vi siete chiesti qual è l'obiettivo principale di chi costruisce tecnologie che consentono l'interazione virtuale? La risposta è piuttosto semplice: far sembrare l'esperienza digitale la più naturale possibile, rendendola più invitante della realtà.

Il bisogno di effettuare esperienze reali è profondamente radicato nell'essere umano: solo così può realizzarsi pienamente e raggiungere il benessere psicologico. I contatti e le relazioni sociali reali esercitano un ruolo protettivo nei confronti di numerosi disturbi emotivi. Le interazioni on-line non possono sostituire quelle faccia a faccia.

Quand'è che il Metaverso o la Costellazione dei Metaversi, che chiamar si voglia, ha iniziato ad attecchire? Anche in questo caso la risposta è facile: il vero balzo si è verificato con l'eliminazione dei dispositivi e con l'avvento di ologrammi del tutto simili alle persone concrete. Tralascio dal mio discorso gli avatar impiegati in campo ludico, che meriterebbero una trattazione a parte.

La finalità principale del metaverso è dunque tesa a ricreare la nostra vita fisica, ossia render reale la dimensione virtuale.

Nell'avveniristico live di Myskin abbiamo assistito alla totale eliminazione di oggetti da indossare che potessero far supporre di assistere ad una finzione.

Gli spettatori non si trovavano tutti nello stesso posto,

eppure ognuno di loro ha avuto la netta sensazione di partecipare ad un concerto tradizionale. In pratica una serata passata al teatro si è arricchita di una esaltante esperienza virtuale.”

Il conduttore affermò che l’argomentazione proposta sembrava interessante, ma sollecitò l’ospite a chiarire meglio il suo pensiero.

“Vengo subito al punto,” proseguì l’opinionista “il metaverso desidera imitare il più possibile la nostra vita fisica, ma com’è il nostro mondo?

È totalmente sicuro o dobbiamo costantemente vigilare? Di notte possiamo percorrere tranquillamente tutte le vie di una città o è meglio evitare alcune zone?

Con questi esempi, che in molti riterranno inappropriati, voglio solo ricordare che dietro ogni tecnologia e piattaforma ci sono uomini che le costruiscono ed altri che le fruiscono. Come forse vi sarete accorti non tutti gli individui aspirano a rendere il mondo un luogo amichevole, in ogni dove si può infiltrare una mente criminale pronta a colpire per raggiungere il suo scopo.”

Il programma in corso venne bruscamente interrotto da un’edizione straordinaria del telegiornale locale, la sigla iniziale risvegliò l’attenzione di Lion e Bry che si erano quasi assopiti per via dello champagne, del noioso dibattito culturale e soprattutto a causa della notte insonne.

“Buon pomeriggio Austin!” esordì con tono brioso Kelly, “interrompiamo il programma in corso per darvi una notizia appena giunta in redazione dalla centrale di Polizia. Il detective Myles, incaricato delle indagini riguardanti la sparizione del cantante Myskin, ha brillantemente risolto il caso. Nel prossimo telegiornale ci collegheremo con il salone dove l'eccellente detective incontrerà i giornalisti e risponderà alle loro domande.

Come ricorderete le indagini sembravano arenate ad un punto morto, ma nel corso delle ultime ore si è verificata un'accelerazione, per saperne di più non mancate il nostro appuntamento serale."

Sophia apprese con soddisfazione la notizia, poi guardò i suoi ospiti e disse: "Voi due non c'entrate nulla con tutto ciò? Avete un'espressione birichina, come quella di due angioletti caduti in terra per il troppo peso!"

20
GEOMETRIA DEL CRIMINE

Mentre percorrevano il viottolo che conduceva al capanno, seguiti dall'immancabile Buddy che scodinzolava felice, il professore contattò Myles.

Il detective riferì dell'operazione appena conclusa ed espresse rammarico per la raccapricciante sorte toccata all'aiuto regista ed al produttore. Infine si accomiatò per prepararsi all'incontro con i media. "Di me voglio dare un'immagine piacevole ed efficiente!" ammise Myles con fierezza.

A lato del capanno vi era un angolo picnic, circondato da alberi.

"Non mi va di stare al chiuso, rilassiamoci qui fuori," propose Lion. I due uomini si sdraiarono sulle panche.

Euforico per l'invito a cena, Bry non smetteva di far progetti: "Convincerò Isabel a trasferirci nel casolare dei suoi nonni. Ho bisogno di spazio per rimontare il laboratorio che avevo iniziato ad allestire nel capanno. Per ricambiare l'ospitalità di Samuel e Sophia non rimuoverò la stanza per accedere al metaverso in modalità full immersion, pertanto potrai servirtene liberamente.”

Lion era particolarmente silenzioso, Bry urlò per richiamare la sua attenzione: “È da un quarto d’ora che non sento la tua voce.”

Lion si girò, ammise che stava pensando, ma lui poteva seguitare a parlare, lo avrebbe ascoltato volentieri poiché riusciva a fare entrambe le cose.

“Preferirei conversare,” ribatté contrariato l’uomo, “quando sono in compagnia non amo fare monologhi! A cosa stai pensando?”

“I conti non tornano, l’apparenza inganna,” proruppe Lion, “il male sembra aver occultato alla perfezione la verità, eppure ha lasciato qualcosa di incompiuto nel disegno che ha tracciato.”

“Stai rimuginando sul caso appena risolto, avanti cos’è che non ti convince?” chiese Bry con impazienza.

Per tutta risposta Lion si alzò, prese un pezzo di carbone dal barbecue in muratura e su di una tavoletta di legno chiaro disegnò quattro cerchi, che intersecandosi formavano i vertici di un quadrato. Poi prelevò quattro piccoli dardi con le punte in metallo da un bersaglio circolare, fissato sulla parete esterna del capanno.

“Non capisco,” chiese Bry, “vuoi giocare a freccette utilizzando lo schema che hai disegnato?”

Lion giustificò il suo modo di agire: “Come Aristotele e Platone anch’io considero la geometria il modello per eccellenza per generare conoscenza secondo verità.”

Bry alzò le spalle. “La verità non è mai una sola!”

“*La verità alla fine non può essere nascosta, vince qualsiasi simulazione!*" affermò Lion con forza.

Bry corrugò la fronte. "Mi stai proponendo un bizzarro ludo geometrico come quelli che si trovano nel tuo Codice Atlantico?"

"Tutta la vicenda si presenta ai nostri occhi in modo ben concatenato, come questo disegno. Sembra risolto, tutto torna, ma in realtà non è così.

Se vuoi scoprire quale piano malvagio si nasconda alla nostra vista devi giocare fino alla fine! La regola è semplice: ogni cerchio simboleggia una bugia, una sfera da far esplodere. Ti proporrò quattro riflessioni, se ti convincono tu conficcherai i dardi al centro di ciascun cerchio, ossia nei punti che originano i vertici del quadrato. Se farai scoppiare una ad una le sfere, toglierai gli inganni ed arriverai al nucleo centrale, alla nuda verità!"

Bry annuì, Lion gli consegnò il primo dardo e disse: "Mi domandavo per quale motivo Eric abbia perso tempo a prelevare Miss Fanny.”

Bry gli fece notare che in caso di fuga un ostaggio può tornar comodo, tanto più che l’aiuto regista non aveva dovuto faticare per farla salire: Miss Fanny l’aveva seguito spontaneamente, pensando di raggiungere il suo uomo.

“Inizialmente era tranquilla,” convenne Lion, “ma poi ha subodorato qualcosa, il tono di voce tradiva un’ansia crescente, ho intuito che sarebbe scesa dall’auto alla prima occasione, come poi si è verificato. A mio avviso anche Eric ha avvertito la sua agitazione, ma invece di calmarla ha volutamente aumentato i suoi timori prendendole il cellulare.”

Il professore scosse il capo ed affermò che Eric voleva semplicemente impedirle di mettersi in contatto con Steven.

“Certamente,” ribadì Lion, “ma il suo obiettivo principale era che Fanny si allontanasse, infatti l’ha lasciata sola alla pompa di rifornimento mentre lui si è recato al bar.”

Bry incrociò le braccia e le poggiò sul tavolo, protendendosi verso Lion, poi disse: “Per quale motivo l’ha presa in ostaggio, se voleva liberarsene il prima possibile?”

“Non ci arrivi, genio?” chiese Lion accompagnando la domanda con un sorriso ironico che contrariò il professore, “sono sicuro che ci riesci se smetti di fantasticare sulla inaspettata primavera da vivere insieme ad Isabel.”

Dopo un minuto di intenso lavorio sinaptico Bry esclamò: “L’aiuto regista non aveva bisogno di un ostaggio, ma di un testimone!"

"Bravo!" esclamò Lion pregandolo di conficcare il primo dardo nel cerchio, "hai appena individuato la prima falla del piano, passiamo alla seconda."

Lion attese che Bry esponesse lo steep successivo, ma vedendolo in difficoltà gli fornì un suggerimento: "L'aiuto regista voleva che Miss Fanny affermasse, senza ombra di dubbio, che lui si trovava in macchina insieme al produttore, perché vuol far credere d'esser morto!"

Bry scosse il capo e gli fece presente che nell'auto ruzzolata in fondo al burrone erano presenti due corpi. "Eric e Malcolm sono bruciati tra le fiamme!"

Lion scosse il capo. "L'aiuto regista è ruzzolato fuori prima di far precipitare l'auto. Meglio un'escoriazione che il fuoco!"

"Nell'auto c'erano due cadaveri!" ribadì Bry, "uno era il produttore, l'altro corpo se non era di Eric di chi era?"

"Myskin!" asserì Lion con assoluta convinzione.

Il professore aggrottò la fronte. "Il detective Myles ritiene che il cantante abbia oltrepassato il confine ed anch'io lo penso. Come ben sai, per quanto abile, non è un mago che può sparire dal palco e ricomparire nell'auto dei suoi complici.

È altresì assurdo pensare che l'aiuto regista lo abbia caricato in auto mentre faceva l'autostop con il dito puntato verso il confine. Eric stava fuggendo dopo aver sentito i nostri discorsi, non si stava recando ad un appuntamento convenuto."

"L'aiuto regista non aveva necessità di recuperare Myskin: dopo aver lasciato il *Metacentrum* lui è tornato tranquillo a casa," asserì Lion con convinzione, "a nessuno è saltato in mente di cercarlo lì!"

Vedendo lo stupore disegnarsi sul volto del professore, Lion lo invitò a prendere in considerazione la sua ricostruzione dei fatti, a partire da quando Eric aveva ascoltato da remoto la loro conversazione in sala regia.

"Il più delle volte i criminali decidono di comune accordo come rimediare se si presenta un problema. La cosa più logica da fare, in questa circostanza, sarebbe stata tentare la fuga senza attardarsi a prelevare Miss Fanny, in modo da guadagnare minuti preziosi.

In questo caso specifico Eric ha predisposto il piano di fuga senza consultare i suoi complici, anzi non ha esitato a sacrificarli. Ha preparato la colazione e li ha svegliati dopo aver versato qualcosa nei loro bicchieri."

Vedendo che Bry seguiva con interesse il racconto, Lion proseguì piuttosto rapidamente: "Dopo averli storditi, Eric ha sistemato il produttore sul sedile posteriore, mentre ha occultato Myskin nel portabagagli. Si è successivamente recato nel vicino hotel. La telecamera di sorveglianza lo ha ripreso mentre faceva accomodare Miss Fanny nel lato passeggero e sistemava il trolley sul sedile posteriore. Non lo ha potuto caricare nel bagagliaio, perché lì aveva nascosto Myskin!

Durante la sosta nel piazzale di rifornimento l'aiuto regista ha avuto diverse accortezze. Ha preso il telefono di Miss Fanny per farla agitare, poi l'ha lasciata sola per darle l'opportunità di dileguarsi, in modo che potesse asserire che lui era nell'auto insieme a Malcolm; infine ha riempito la tanica di carburante per esser certo che si sprigionassero fiamme così gagliarde da rendere irriconoscibili i corpi.

Si è dato alla fuga, facendo finta di voler passare il confine, in realtà il suo vero scopo era simulare l'incidente in cui avrebbe perso la vita.

Dopo aver imboccato la stradina dissestata ha prelevato Myskin dal bagagliaio e lo ha sistemato nel sedile anteriore, senza allacciare la cintura, affinché potesse sballottare nell'abitacolo durante la caduta, in modo da far presumere che fosse il guidatore. L'aiuto regista è saltato dalla vettura dopo averla diretta verso il precipizio e si è nascosto nella vegetazione. Ti convince la mia ricostruzione?"

"La sto elaborando, è così audace!" esclamò Bry, "è basata solo su indizi, non da prove."

Lion annuì poi disse: "Mi fa piacere che tu esprima dei dubbi: due teste che ragionano sono meglio di una sola! Io sto cercando di delineare un quadro più convincente rispetto a quello che ci viene proposto. Cosa decidi? È possibile far esplodere la seconda sfera per evidenziare un'altra falla?"

Il professore prese la freccetta e la conficcò sulla tavola, dicendo: "La tua ricostruzione mi sembra verosimile, in linea con il comportamento di Eric, inoltre ricordo che Miss Fanny ha rinunciato a recuperare il trolley poiché vi era accasciato il produttore, a lei è parso drogato più che ubriaco.

Lion consegnò il terzo dardo e disse: "Siamo giunti ad un momento cruciale, c'è una cosa non mi torna più di ogni altra: *Le Saint ne vaut pas la chandelle*."

"Cosa intendi con questa strana espressione?" domandò il professore con curiosità.

"I francesi accendono un cero votivo solo al Santo in grado di compiere miracoli, non sprecano nemmeno una candela per quelli sfigati. So che la musica di Myskin ti piace, ma per quale motivo mettere in atto uno show grandioso per un artista in declino? Non solo lo spettacolo ma anche la sofisticata truffa mi è sembrata spropositata per promuovere un'ascesa sulle piattaforme streaming dall'incerto ritorno economico.

Sono convinto che quella era la prova generale per qualcos'altro!

Myskin ed il suo produttore hanno aderito alla truffa, ma ignoravano che fosse la prima parte di un piano ben più vasto. Dammi retta, quei due erano semplici pedine da sacrificare per poter vincere la partita di scacchi!"

"Scusa se ti interrompo, ma tu conosci il gioco degli scacchi?" chiese Bry perplesso.

"Non so se il gioco sia ancora in vigore, ma in campagna, in un posto simile a questo, ci giocavo spesso con mio nonno. Quando il passatempo si diffuse nella corte di Lorenzo il Magnifico, proposi alcune modifiche al movimento dei pezzi per renderlo più interessante."

Fatta la precisazione Lion riprese la sua esposizione: "L'eliminazione di Myskin e di Malcolm faceva parte del progetto fin dall'inizio, probabilmente doveva svolgersi con una modalità diversa."

Bry gli chiese se credeva veramente che la messinscena attuata nel *Metacentrum* di Austin fosse la prova generale di un evento ben più grandioso.

Lion annuì.

Bry lo guardò perplesso: "Sei un complottista o un indovino? Come fai a spingerti così oltre?"

Lion disse con un tono velato di tristezza: "Amo la verità, desidero portare alla luce le cose poco chiare. Ho una testa e la userò fino a quando funzionerà. Io non demordo: *non si volta chi a stella è fisso!*

Quanto alla preveggenza ti assicuro che non so nemmeno cosa mi riserva questa serata a differenza di te che già pregusti qualcosa di piacevole."

"Se pensi che io sia disposto a far esplodere la terza sfera sulla base della tua fervida immaginazione ti sbagli di grosso!" disse a voce alta Bry.

Lion corrugò la fronte: "Onestamente tu ritieni che l'impresa valesse la posta in gioco? La truffa avrebbe permesso a Myskin ed a Malcolm un ritorno economico sicuro e duraturo, ammesso che siano stati loro ad investire il capitale?"

Il professore alzò le spalle e conficcò il terzo dardo, poi precisò: "Non penso che riuscirai a farmi giocare fino alla fine, man mano che procedi le tue supposizioni si allontanano dalla realtà."

Lion lo guardò fisso negli occhi. "Io indico la prossima falla, ma solo tu sei in grado di validarla, per dare corpo ai miei pensieri ho bisogno della tua totale sincerità. Solo tu puoi rimuovere il quarto velo che cela la verità!"

Il professore con voce preoccupata domandò a Lion cosa pretendesse da lui.

"Mi costringi ad interrompere l'effettiva ricostruzione della vicenda se ti ostini a mantenere il riserbo sulla tua reale identità.

Sophia ci ha presentati come due ghibellini fuggiaschi bisognosi di un riparo momentaneo, ma io so chi sei, tu fai parte del team di scienziati che mi ha dato l'opportunità di tornare sulla terra, tu sei il professor Bryson."

"Come hai fatto a scoprirlo?" disse il professore con un tono di voce agitato, "entriamo dentro, la notte è piena di occhi ed orecchie."

Mentre varcavano la porta del capanno, seguiti da Buddy, Lion pose un braccio sulle spalle del professore per tranquillizzarlo. "Le presenze che avverti sono gli animali notturni, da loro non hai nulla da temere."

21
IL DUPLICATORE SERIALE

I due uomini si accomodarono su due vecchie poltrone di velluto marrone. Il professore chiese di nuovo come avesse fatto a scoprire la sua identità. "È stato per il diminutivo con cui mi chiama Isabel?"

"No," affermò Lion, "ricordi quando hai detto al regista che sei previdente e duplichi tutto ciò che ritieni importante?"

"Sì… e con questo?"

"Ho compreso che stavi rivelando un aspetto primario del tuo carattere: l'estrema previdenza ti porta a duplicare ogni cosa, infatti hai provveduto a copiare sul cloud il video che incastrava Myskin e i suoi complici.

Duplichi con lo stesso accanimento le cose importanti e quelle banali. Nella vetrinetta hai una doppia bottiglia di whisky!

Quand'eri giovane hai lasciato in standby la relazione con Isabel, per riservarti la possibilità di riiniziare una seconda vita in America.

Sei stato accorto anche nell'esperimento che mi riguarda, allorché hai deciso di richiamare una coscienza del passato: nel caso il primo tentativo non fosse riuscito ti sei premunito di avere una seconda chance."

"Come fai a saperlo?" chiese il professore.

"L'ho appreso per caso," proseguì Lion, "Quando ho compreso che la mia coscienza era stata sbattuta in un cervello opportunamente trattato, ho chiesto alla dottoressa Katherine per quale ragione fossi stato scelto proprio io."

"Non mi dire che ti sottovaluti, mi sembri piuttosto consapevole del tuo valore!" commentò il professore.

"Ai miei tempi in tanti hanno avuto da ridire sul mio conto, sembravano tutti migliori di me, ho finito col crederci anch'io… mi sono meravigliato di trovarmi tra i personaggi più apprezzati del passato.

La dottoressa Katherine, pignola com'è, ha precisato che non dovevo montarmi la testa, poiché prima di me avevano tentato, senza successo, di riportare indietro Einstein. Insomma io per te sono stato il piano B."

"Sei contrariato perché ti ho tenuto come riserva? Dovresti essermi comunque riconoscente per averti sottratto al caos che c'è nell'universo," affermò Bry con una punta di superbia.

Lion scosse il capo, trovandosi in totale disaccordo: *"Ogni cosa tende verso uno stato di superiore perfezione!"*

"Non volevo formulare una nuova teoria, né contestare alcun sistema filosofico o religioso, sto solo dicendo che la tua coscienza avrebbe vagato per chissà dove, se non avessi pianificato il tuo ritorno."

"Non nego che tu abbia proposto un input, tuttavia non è venuta meno la regola che ogni cosa tende alla perfezione. Non mi meraviglia che la mia coscienza abbia accettato un corpo da abitare, nei miei scritti ho annotato che *ogni parte ha inclinazione di ricongiungersi al suo tutto.*"

"A parte qualche trascurabile differenza di veduta, desumo che apprezzi la tua attuale condizione, eppure ti ostini a non volermi dare il merito del tuo ritorno."

Lion scosse il capo. "Non vantarti troppo, io non ricordo dov'ero prima, tu hai dato l'input, ma se lo ho assecondato è perché ho una cosa in sospeso da completare, evidentemente Albert non aveva questa esigenza."

"A rigor di logica di cose da ultimare ne hai lasciate parecchie," affermò Bry con un tono di voce alquanto caustico, "tanto che un professore del King's College di Londra afferma che la tua energica creatività si affianchi ad un disturbo dell'attenzione e ad iperattività, che ti porta a lasciare incompiuto tutto ciò che cominci. Non è colpa tua se sei afflitto dai sintomi dell'ADHD, ma almeno evita di asserire che tutto tende alla perfezione, quando l'inconcludenza è il tuo tratto distintivo!"

"Basta, è inutile che mi sfotti!" esclamò seccato, "quel che alcuni considerano incompiuto, per me non lo è! Decido io, non altri!

La mia opera è aperta e dinamica, non contiene la parola fine, seguita il suo percorso verso la perfezione nella mente di chi la sa accogliere. A quanto pare neanche tu sei l'uomo più adatto ad apprezzarla.

"Ammiro le tue geniali intuizioni scientifiche, ma hai

lasciato incompiute molte tue opere pittoriche!” precisò il professore.

“Non c’è alcuna differenza tra arte e scienza; inoltre la pittura è una poesia muta: puoi supplicare un poeta di aggiungere un verso ad una lirica oppure pretendere una spiegazione? È più opportuno permettere che la poesia scavi piano nella tua anima!

Il motivo per cui ho assecondato il tuo richiamo riguarda un aspetto privato, sul quale al momento ho intenzione di mantenere il riserbo!”

Il professore gli suggerì di rasserenarsi: “Calmati! Non indagherò su quale nostalgia ti abbia spinto a tornare.”

“Nostalgia? Io vado verso il futuro!” precisò Lion.

“Torniamo al nostro caso,” propose Bryson, per porre fine alle polemiche, “ora che hai appurato la mia identità ed il mio chiodo fisso di riservarmi sempre una seconda possibilità, in cosa posso esserti utile per la completa soluzione dell’indagine?”

“Poco fa ti ho detto che quella che doveva sembrare un’anomalia nel metaverso era in realtà la prova generale per vincere una partita di scacchi. Sai dirmi quando un giocatore può cantar vittoria?”

“Vince chi dà scacco matto al re!” esclamò il professore.

Lion annuì e domandò chi fosse l’individuo che al momento rivestiva il ruolo principale.

“Yanoda!” asserì il professore, “è lui che gode di un consenso diffuso, ha schivato cambiamenti irreversibili che stavano per rendere inabitabile il nostro pianeta. Dovresti apprezzare il suo operato: sei stato il primo a dire che la Terra è un grande vivente da rispettare.”

Lion annuì, ma poi gli fece notare che Yanoda aveva in mente di attuare un progetto che contrastava le intenzioni di alcuni leader.

Bry lo guardò in modo interrogativo e Lion aggiunse: "Giocano di nascosto a chi ce l'ha più grosso!"

"A cosa alludi?" chiese Bry perplesso, non riuscendo a comprendere la similitudine con i maniaci che aprono l'impermeabile bianco davanti alle signore.

"All'armamentario bellico che desiderano esibire per mostrare la loro potenza muscolare. Trasformano il mondo in una polveriera pronta ad esplodere. Qualcuno lucida le testate atomiche a titolo di tutela, nel timore possa scompaginarsi l'attuale ordine mondiale, altri bramano che ciò avvenga, per dare sfogo a vecchi rancori."

"Yanoda ha già riconvertito molte industrie belliche senza incontrare resistenze," asserì il professore, facendogli notare che il processo era stato avviato con successo, "le guerre sono diventate un anacronismo!"

"Nondimeno nel corso del prossimo meeting mondiale, che per motivi logistici si svolgerà nell'*Hemisperic of the metaverse*, alcune potenze avanzeranno richiesta di ammodernare i propri arsenali, mentre Yanoda vuole proporre il disarmo totale," asserì Lion,

"Yanoda è in pericolo?" domandò il professore mostrando una certa preoccupazione, "ipotizzi che un capo di stato voglia eliminarlo simulando un'ennesima inspiegabile anomalia?"

Lion scosse il capo. "Lo scacco al re non avrà luogo, dato che la prova generale è stata smascherata, nell'immediato Yanoda non corre rischi."

"Se i tuoi sospetti sono fondati, va catturato l'aiuto regista per individuare il governante con cui è in combutta," affermò Bry.

"Ti sei avvicinato, ma le cose non stanno come ipotizzi," asserì Lion, "in primo luogo penso sia difficile rintracciare Eric. Il giocatore che vuole attuare lo scacco al re muove dall'alto le sue pedine… manterrà nella scacchiera l'alfiere che ha fallito? Inoltre sbagli nel ritenere che il giocatore vada rintracciato tra i capi di stato che amano respirare i venti di guerra, lui si appoggia a loro poiché non si azzarda ad affrontare il re a viso scoperto, vuole colpirlo alle spalle."

Bry guardò Lion con aria stupita.

"Vuoi sapere chi vuole attuare lo scacco al re? Conosci meglio di me chi desidera sostituirsi a Yanoda! Tu duplichi tutto, sono certo che hai duplicato anche Yanoda!"

Bry sbiancò e Lion lo incalzò: "Yanoda è un individuo eccezionale, si avvantaggia di migliorie genetiche che hanno affinato le sue caratteristiche fisiche e di comando. Il team di cui fai parte ha avuto a disposizione un fluido contenente dei codici genetici perfetti da cui attingere un'infinità di informazioni. Ai miei tempi lo custodii in segreto, ho sempre ritenuto che avesse un grande valore scientifico, anche se in molti preferiscono considerarlo una reliquia.

Nonostante mi irriti la spavalderia di Yanoda devo ammettere che è un giovane equilibrato oltre che eccezionale dal punto di vista fisico. Il merito del suo carattere non credo vada attribuito agli apporti genetici che ha ricevuto dal team di cui fai parte, ma alla sana educazione ricevuta in famiglia. Piuttosto che mi dici del suo duplicato?

Ha caratteristiche fisiche simili, ma è altrettanto saggio o è una mente criminale?"

"Si sta facendo tardi devo raggiungere Isabel per cena, voglio fare una doccia e prenderle un mazzo di fiori," disse Bry, alzandosi di scatto.

"Un modo elegante per non ammettere le proprie responsabilità," pensò Lion tra sé, poi uscì fuori ed imboccò il sentiero per rientrare in casa.

Accortosi di avere in mano il dardo che non era stato utilizzato, si girò verso il capanno e, benché distante, lo lanciò verso il bersaglio rotondo colpendo l'anello più interno.

22

IL VOLO VERSO L'OCEANO
Dal Rio Grande al Golfo del Messico

"Ce ne hai messo di tempo, il sole è già tramontato. Temevo non saresti venuto a prendermi; rabbrividivo all'idea di passare la notte nella boscaglia in compagnia degli animali selvatici," urlò Eric al giovane uomo appena atterrato con l'elicottero.

"Prima non è stato possibile, come vedi ho dovuto acquistare il mezzo giusto ed attendere che il piazzale tornasse deserto," disse il pilota, alzando a sua volta la voce per coprire il frastuono del rotore.

Una volta a bordo, l'aiuto regista domandò perché non avesse usato un'auto.

"All'imbocco della strada sterrata hanno posto i sigilli, non sarebbe stato prudente rimuoverli, nessuno deve sospettare che tu sia vivo!" disse il giovane, "non potevo nemmeno dirti di lasciare il tuo rifugio per incontrarci altrove; vedendoti con gli abiti laceri e le mani escoriate qualcuno ti avrebbe avvicinato per chiederti se avevi bisogno di aiuto.”

“A quanto pare hai pensato a tutto, non mi resta che elogiarti,” disse Eric mentre si accomodava nel sedile accanto al posto guida.

L’altro replicò risentito: “Vorrei poterlo fare anch’io. Avevo predisposto tutto con cura: la finta anomalia di Myskin e quella che avrebbe riguardato Yanoda in occasione del meeting per promuovere il disarmo globale.

In entrambi i casi tutti avrebbero dovuto pensare che si stessero verificando stranezze inspiegabili nel metaverso. Il piano procedeva spedito, poi all’alba mi hai allertato che la situazione stava precipitando, mi dici dove hai sbagliato?”

L’aiuto regista si difese con calore: “Io ho agito come programmato. Non è colpa mia, probabilmente abbiamo sottovalutato le capacità investigative del detective Myles.”

“Abbiamo?” protestò il giovane, “non ti permetto di riversare su di me le tue mancanze! Di certo hai lasciato qualcosa al caso. È un lusso che non potevamo permetterci: hai idea di quanto abbia investito in questo progetto? Per colpa tua la seconda parte del piano, l’unica che mi interessava veramente, non avrà luogo!”

“Sono sicuro che rimedierai con qualche brillante idea per realizzarlo, casomai inserendo qualche variante. Sei rapido e geniale, quando stamane ti ho telefonato in preda al panico tu, dopo aver riflettuto un minuto, hai fornito la soluzione per far chiudere il caso senza lasciare strascichi su cui indagare.

Io mi sono attenuto fedelmente ai tuoi ordini anche se mi è dispiaciuto far fare ai miei coinquilini una così brutta fine. Sono rimasto molto colpito da Myskin, aveva un grande talento!”

Il giovane lo apostrofò in modo beffardo: “Ti sei innamorato di lui!”

“Il tuo cinismo è assurdo, non hai amici?” replicò l’aiuto regista.

“Gli amici fanno perdere solo tempo.”

“Non ti affezioni a nessuno?” ribatté Eric contrariato, “forse per te è diverso: tu hai individuato Myskin tra i possibili sfigati da ripescare, uno dei tanti che dopo un folgorante successo è caduto nel dimenticatoio, però non lo hai mai incontrato, mentre io ho avuto a che fare con lui tutti i giorni.

Quando ho avvicinato Myskin ed il suo produttore, li ho trovati patetici nel loro crogiolarsi su glorie passate pur essendo in totale declino.

Ho esposto per gradi il tuo piano per far tornare in auge la rockstar. Hanno accettato senza riserve l’idea dello show nel metaverso per lanciare l’ultimo pezzo che Myskin aveva scritto e che esitavano a far uscire, essendosi affievolito l’interesse nei suoi confronti.

Quando ho accennato alle spese da sostenere si sono raffreddati, li ho persuasi garantendo l’aiuto di uno sponsor che avrebbe preso parte ai profitti.

Più difficile è stato far accettare la scena dello spappolamento.

Con un semplice show nel metaverso Myskin avrebbe ottenuto una visibilità momentanea e sarebbe riuscito a riconquistare solo l’affetto dei fan più nostalgici. Ci voleva qualcosa di forte per scalare le classifiche mondiali: una tragedia in diretta si imprime nella mente più di una banale standing ovation. Sono inorriditi, ma poi ho assicurato che Myskin avrebbe potuto ripresentarsi dopo qualche tempo in modo altrettanto plateale.

Tre mesi di totale nascondimento a Myskin non sono parsi troppo duri da sopportare, ci ha messo tutto il suo talento per rendere memorabile il live."

"Ho assistito al concerto dal teatro di Miami, mi sembra che verso la fine lui abbia avuto un ripensamento," disse il giovane.

Eric si morse il labbro ed annuì. "Il calore che i suoi scatenati fan storici gli hanno dimostrato lo ha emozionato, ma l'ho avvertito in cuffia che era troppo tardi per tirarsi indietro e lui ha proseguito ad attuare il piano."

"Uhm… penso che qualcuno si sia accorto del passaggio brusco tra la diretta e la parte preregistrata e da te modificata digitalmente," esclamò contrariato il giovane, "secondo me quella è stata l'unica falla, poiché ho trovato l'effetto degli schizzi incredibile e molto veritiero. Ha impressionato anche me, che lo avevo ideato."

L'aiuto regista annuì col capo: "Concordo, l'unica pecca è stata quella, ma non è colpa mia, Myskin non si è messo nella giusta posizione per garantire fluidità tra le due situazioni. Inoltre la sfortuna ha voluto che uno dei poliziotti che affianca Myles sia un mostro di bravura: ha decrittato una password complicatissima per accedere alla registrazione effettuata dal drone, che non è possibile interrompere."

"E tu come lo hai saputo?" chiese il giovane.

"Ogni tanto mi collegavo con lo smartphone con la sala regia, per controllare la situazione. Ero ancora a letto quando questa mattina ho eseguito l'accesso: ho visto un distinto poliziotto in borghese passare al detective un foglietto con la password."

"Hai la registrazione video?" chiese il pilota con voce concitata, "che aspetti a farmela vedere, non siamo mica in autostrada."

Quando partì il filmato il giovane imprecò. "Com'è possibile?" Il tono di voce era quello di uno che si imbatte in una persona creduta morta.

"Che c'è, lo conosci?" chiese l'aiuto regista.

"Zitto, alza il volume, devo riuscire a rintracciarlo."

Dopo aver ascoltato la voce di una donna che indicava all'uomo il posto dove parcheggiare, il giovane riconsegnò lo smartphone e disse: "A questo punto devo archiviare definitivamente la seconda parte del piano, oramai sanno che non possono verificarsi anomalie inspiegabili nel metaverso, perciò non ha senso proporre una cosa simile per far sparire Yanoda. Considero chiusa la collaborazione con te," disse il giovane virando con decisione verso l'oceano.

"Che intenzioni hai?" gridò Eric, allarmato.

"Mi è venuta l'improvvisa voglia di fare paracadutismo, ti lascio i comandi dell'elicottero," disse il giovane con molta tranquillità.

"Non so guidare un elicottero!" urlò l'aiuto regista, realizzando che il sottile zainetto che il pilota indossava era un paracadute.

"Non è complicato, io ho imparato in mezz'ora, mentre facevo il giro di prova mi è bastato osservare i movimenti del precedente proprietario," disse il giovane, omettendo di specificare che lo aveva scaraventato fuori dal velivolo appena aveva appreso gli elementi essenziali.

Eric iniziò a sudare freddo, avendo compreso che il giovane non lasciava in giro testimoni scomodi, perciò lo supplicò: "Spero che continuerai a considerarmi un alleato affidabile, la prossima volta non ti deluderò, mettimi di nuovo alla prova."

"Perché rimandare, testerò subito le tue capacità, prendi la cloche e fammi vedere come te la cavi," replicò con prontezza il giovane, mentre abbandonava i comandi e si protendeva verso il vuoto.

L'aiuto regista cercò di trattenerlo con la mano, specificando che non aveva osservato i gesti che compiva durante la guida, ma lui si portò oltre l'apertura.

Prima di lasciarsi andare nel vuoto urlò: "Se non riesci a mantenere l'assetto, premi il pulsante rosso che lampeggia, espellerà il sedile dov'è incorporato il paracadute. Devo salutarti, non voglio finire in acqua, sembra che in questo punto l'oceano sia pieno di squali."

Il giovane si lasciò afferrare dal vento, che lesto passò mille dita tra i suoi capelli.

Poco dopo aprì il paracadute e planò dolcemente.

Eric non ebbe alternative, si sistemò rapidamente al posto guida, afferrò la cloche e tentò di governare l'elicottero che aveva preso ad ondeggiare come un puledro che non vuol esser cavalcato.

Allacciò la cintura e disperato premette il pulsante rosso: il sedile non si sganciò.

Lo colpì con più forza e si verificò una forte esplosione.

Il giovane dalla riva vide il velivolo andare in mille pezzi insieme al suo occupante.

Mentre osservava gli spruzzi ed i cerchi che i frammenti metallici descrivevano nell'acqua, si limitò ad alzare le spalle, riflettendo tra sé: "Non saprei che farmene di un alleato così poco attento e credulone: possibile che non abbia capito che il pulsante rosso fosse collegato ad un esplosivo?"

23
LA CONDIZIONE PERFETTA
Fattoria di Sophia nei pressi di Austin, Texas

Dopo cena Lion e Sophia si accomodarono sul divano e si misero ad ascoltare le notizie locali; come anticipato, venne dato ampio spazio alla conferenza stampa tenuta dal detective Myles, che incassò molti apprezzamenti.

Lion si accorse che Sophia esitava a salire in camera per telefonare a Samuel, come accadeva di solito. Da perfetta padrona di casa non voleva lasciarlo da solo.

"Vai pure, farò quattro passi con Buddy, mi piace camminare sotto le stelle ed i satelliti," disse Lion, dimostrando di sapersi adeguare ai cambiamenti.

"Sei così intelligente e sensibile che mi vergogno di aver esitato ad accoglierti in casa," gli confidò Sophia.

"Cosa temevi?" chiese Lion incuriosito.

Sophia sorrise, poi disse: "Beh non mi è mai capitato di incontrare una coscienza del passato che dimora nel corpo di un donatore."

"Ma che dici?"

"Tu stesso hai dichiarato che il corpo che abiti era di uno sciatore: hai mostrato il tatuaggio con il nome della fidanzata!"

"Le cose non stanno più in questo modo. Non so come, ma si è ripristinata la mia forma migliore, insomma quella giovanile: la situazione della canna perfetta!"

Ciò detto Lion prese a sbottonarsi la camicia.

Al terzo bottone Sophia, piuttosto allarmata, si era affrettata a dire: "Non mi devi alcuna spiegazione o dimostrazione che sia, ti credo sulla parola!"

Detto ciò si mise a salire le scale veloce come il vento, augurandogli la buonanotte.

Lion udì gli scatti secchi della chiave nella toppa, ben due mandate, cosa che non era mai successo prima.

Era rimasto di sasso con la mano ferma sul quarto bottone, chiedendosi in cosa avesse sbagliato; sua intenzione era tranquillizzarla, dimostrarle che non era uno strano ibrido di cui aver timore.

Si morse il labbro inferiore allorché comprese che la donna aveva equivocato le sue parole e le sue intenzioni. Intendeva mostrarle che il tatuaggio era sparito ed i muscoli delle braccia, pur tonici, non erano prorompenti come quelli dell'atleta: la sua coscienza era nel suo corpo!

Prima di slacciare la camicia avrebbe dovuto spiegarle cos'è la situazione della canna perfetta, non poteva pretendere che tutti conoscessero nel dettaglio il contenuto dei suoi codici.

Orbene, tra le tante cose che lo avevano appassionato vi erano gli strumenti musicali, ne aveva disegnati molti ed apportato migliorie a quelli esistenti. Per allietare le feste di corte aveva progettato e costruito un magnifico organo dal suono stupendo, che incantava chiunque lo ascoltasse.

Con il passar del tempo alcune parti si erano deteriorate, tra queste una canna d'organo. L'aria sospinta dai mantici percorreva gagliarda la cavità, ma le note uscivano distorte. Per ripristinare il suono corretto fu necessario riportare la canna alla situazione iniziale, quella perfetta.

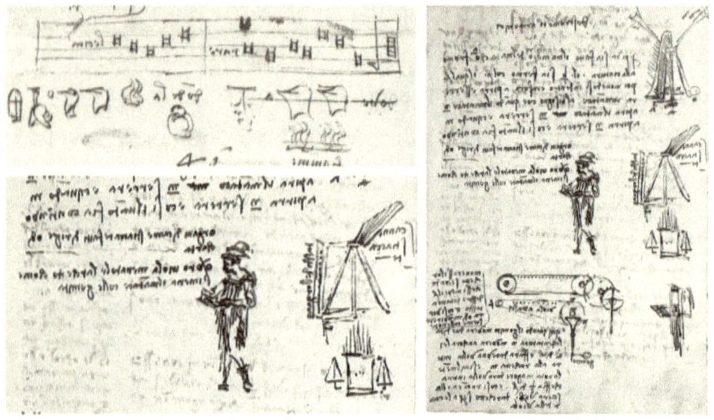

Da acuto pensatore Lion aveva riflettuto che la condizione dell'uomo è simile: le forze scemano, il corpo invecchia e non può stare dietro agli indomiti desideri ed all'immutata energia del suo spirito vitale.

Così gli era venuto immediato paragonare la canna dell'organo, che col tempo si deteriora, al corpo umano, mentre aveva assimilato la coscienza all'aria, entrambe non soggette a corruzione.

"Volevo che Sophia vedesse che non ho nemmeno l'ombra di un tatuaggio, chissà cosa avrà pensato le volessi mostrare!" disse tra sé, alzando le spalle, poi si avviò verso la porta, seguito dall'immancabile Buddy, che si mise a scodinzolare felice.

Mentre percorreva il vialetto guardò verso il capanno: dalla finestra non filtrava alcuna luce. Udì un breve squillo, afferrò il cellulare e vide il messaggio di Bry.

"Sono in rosticceria, in attesa di ritirare la cena. Isabel mi ha raggiunto telefonicamente mentre ero in macchina, avvisandomi che per guardare il servizio sul suo ex, il brillante detective Myles, ha dimenticato l'arrosto in forno, che si è carbonizzato.

Intanto che aspetto, ho deciso di rispondere alla domanda che mi hai fatto, mi chiedevi fin dove mi avesse spinto la mia mania di duplicatore seriale.

La storia iniziò più o meno venticinque anni fa come quella di quattro amici al bar che discutono di donne, di sport, di politica e soprattutto di come cambiare il mondo.

Le nostre non furono solo chiacchiere, poiché eravamo scienziati: avevamo i mezzi e le competenze per provarci. Decidemmo di originare un individuo con caratteristiche genetiche eccezionali in grado di governare con saggezza il mondo e che potesse durare parecchio, senza dover ricorrere a strani sotterfugi.

Abbiamo sbagliato? Potrà non esserti particolarmente simpatico, ma il nostro leader sovranazionale ha arginato tutte le derive esistenti a danno degli ecosistemi terrestri.

Yanoda ha inoltre impedito che scoppiassero conflitti così terribili che al confronto la tua battaglia di Anghiari la si sarebbe potuta scambiare per una scampagnata movimentata.

C'è del vero in quel che supponi: anche allora proposi di originare una riserva da utilizzare se il primo tentativo non avesse avuto successo.

Dai una connotazione negativa al mio comportamento, io mi considero solo prudente. Non hai il diritto di giudicarmi: tu hai sempre attribuito molto valore all'esperienza, ebbene essa suggerisce di poter contare su un'alternativa, qualora le cose volgano al peggio!

Non sono un medico e non mi occupai personalmente del piano secondario. Mi fu detto che le cose non erano andate per il verso giusto e non ci pensai più.

Pochi mesi fa, tuttavia, nel centro di ricerca di Cambridge, dove lavoravo, è stato assunto un giovane dottore, che mi è stato presentato come il prodotto della seconda sperimentazione. Ho esaminato il suo fascicolo contenenti gli esami a cui devono sottoporsi i neoassunti. Al pari di Yanoda ho riscontrato doti psicofisiche eccezionali, ma ho notato diverse anomalie.

L'ho invitato a sottoporsi ad ulteriori accertamenti per studiare meglio le sue caratteristiche, ma lui ha glissato il mio invito, avendo subodorato che non mi aveva convinto del tutto.

Qualche tempo dopo qualcuno ha tentato di eliminarmi: mi ha tramortito e gettato nel termovalorizzatore di mia invenzione. Premendo un pulsante sono riuscito ad uscire prima che il processo di polverizzazione avesse inizio. Mentre spariva dietro l'angolo, ho intravisto la sagoma di colui che mi voleva morto. Avevo la vista annebbiata ma ho riconosciuto il giovane dottore. Per mia fortuna ignora che io sia ancora vivo.

Oltre al duplicatore seriale puoi aggiungere al mio carattere un altro difetto: ho avuto paura ed ho preferito abbandonare il vecchio continente e rifugiarmi ad Austin dove ho tanti bei ricordi.

Post scriptum: cancellerò questo messaggio prima di salire da Isabel, indipendentemente dal fatto che tu lo abbia visto o meno. Nel caso tu sia riuscito a leggerlo, sappi che non sono disposto a rinvangare questi fatti. Non voglio essere inseguito dalle ombre del passato, ora ho a portata di mano la situazione perfetta: vivere in un posto stimolante accanto alla donna che ho sempre rimpianto!"

Mentre scorreva l'ultima frase, il testo scomparve. Al suo posto emerse una laconica scritta: *messaggio eliminato.*

Lion si rese conto che il professore non voleva ammettere i suoi errori.

Si definiva prudente, pur essendosi avventurato su sentieri sconosciuti pieni di insidie imprevedibili. Aveva sottovalutato i pericoli della sperimentazione genetica ed ora preferiva ignorarli: sarebbe bastato chiudere gli occhi e far finta di nulla?

24

Il LUPO GRIGIO

Lion prese ad accarezzare la testa di Buddy che era salito sulla panca ed aveva poggiato il muso sulla sua gamba.

Benché la notte precedente non avesse dormito, non gli andava di risalire in camera: la dolcezza della notte, piena di stelle aveva portato con sé anche una fastidiosa malinconia.

Avrebbe voluto scambiare qualche parola con qualcuno, ma nessuno di quelli che conosceva ad Austin era al momento disponibile: Sophia, sottochiave, conversava con Samuel, Myles era a cena con l'avvocatessa intenta a mordicchiargli il collo tra una portata e l'altra, mentre il professore era da Isabel, intenta ad arruffagli i capelli.

I suoi nuovi amici, come fiori notturni, allargavano le braccia per schiudersi all'amore, tranne lui. Prima che la malinconia montasse del tutto gli venne una brillante idea.

"Mi collegherò nel metaverso!"

Bry gli aveva detto che poteva servirsi della stanza

magica a suo piacimento e gli aveva indicato il posto in cui riponeva la chiave del capanno. Mise la mano nel grande vaso dove fiorivano le primule del Missouri. I fiori gialli si aprivano ogni sera, piccoli astri desiderosi di competere con le stelle, e si richiudevano al mattino.

Rinvenuta la chiave, intimò a Buddy di attenderlo fuori e si apprestò ad entrare. Si sistemò sul divano e prese in mano lo smartphone per chiamare Katherine, ma poi desistette. Da un breve conteggio riguardante i fusi orari dedusse che stesse ancora dormendo.

Ricordò di avere in memoria il numero di Elio, il fratello di Katherine e decise di chiamarlo, visto che abitava a New York. Fece uno sforzo di memoria per ricordare a quale parola la fantasiosa e permalosa Katherine avesse associato suo fratello. La ricordò e soddisfatto disse a voce alta: "Rompicoglione!"

Non aveva digitato alcun numero, perciò trovò piuttosto strano che davanti a lui si stesse formando un ologramma.

"È questo il modo di accogliermi? Ho fatto tutto questo viaggio per incontrarti e tu ti rivolgi a me in questo modo villano! Nessuno mi ha mai trattata così, e pensare che di gente ne ho fatta impazzire parecchia, soprattutto curiali.

Nemmeno Federico Barbarossa mi ha apostrofata con un epiteto del genere… eh sì che gli ho dato del bambino capriccioso, quando si è accanito a proclamare gli antipapa.

Ti ricordo che sei stato tu a mandarmi una strana donna, dicendo che volevi vedermi, ma se vuoi che vada via, lo faccio all'istante!"

Lion riconobbe Hildegard, la badessa quantica sua

amica.

Cercò di correre ai ripari. "Ma che dici, è un piacere averti qui! Scusa per prima ma ero alle prese con queste tavolette moderne, hanno tante funzioni difficili da padroneggiare. A proposito non sapevo che tu conoscessi le nuove tecnologie, che frequentassi il metaverso e che riuscissi a materializzare il tuo ologramma."

"Tu con me parti sempre con il piede sbagliato! Non sono un ologramma e nemmeno un fantasma. Sono semplicemente Hildegard, la Badessa di Bingen!"

"Tralascia il semplicemente, visto che viaggi a tuo piacimento nel tempo e nello spazio," replicò Lion.

"A parte che nel tuo piccolo anche tu te la cavi abbastanza bene, ci tengo a precisare che se mi sposto lo faccio per un buon motivo: devo scrivere profezie affidabili che permettano al genere umano di poter proseguire il proprio cammino verso un futuro radioso, evitando per tempo le minacce più dure."

"A proposito di pericoli, hai intravisto qualche rischio ultimamente?" chiese Lion, non nascondendo una certa preoccupazione.

"Tutto quello che mi è stato concesso di conoscere l'ho inserito nel mio libro Scivias, non vedo cosa potrei aggiungere."

"Ho trovato in rete una copia del tuo libro, complimenti per la veste grafica ed il linguaggio suggestivo, tuttavia, non per polemizzare, ma hai dimenticato di mettere una datazione certa ad ogni singola visione; una brava scienziata come te avrebbe dovuto farlo!"

"Da attento studioso che sei, potresti ipotizzare da solo

una collocazione temporale pertinente! Non sai leggere i segni dei tempi?

Ti faccio comunque presente che una profezia deve restar vaga per lasciare spazio al libero arbitrio e nel contempo sollecitare tutti alla vigilanza per evitare scenari di non ritorno. Inoltre, sempre per non polemizzare, ti ricordo che tu stesso hai fatto disegni profetici senza indicare con precisione in quale periodo si sarebbero concretizzati.

Mi limiterò a richiamarti alla mente il tuo disegno *"Lo specchio convesso"*, in esso hai inserito, per tua stessa ammissione, annotazioni profetiche. La cosa è possibile, io stessa ho dichiarato che *il pittore, attraverso le immagini dei suoi dipinti, manifesta cose invisibili agli altri uomini*. In quel disegno rappresenti una tremenda zuffa tra animali, che simboleggiano personaggi reali."

Lion annuì. "Ogni volta che lo guardo cerco di mettere le giuste corrispondenze. A questo punto penso di avere il quadro pressoché completo: io sono il leone che viene preso di mira da un drago, un leader molto potente, che ritengo sia Yanoda. Lui voleva usarmi per accrescere il suo prestigio in modo da poter realizzare un progetto utopico: migliorare le caratteristiche genetiche delle nuove generazioni.

Tu, Hildegard, sei il saggio unicorno venuto in mio soccorso.

Forte dei tuoi consigli, ho affrontato apertamente Yanoda, che ha desistito dall'avventurarsi in un programma che avrebbe stravolto la nostra specie. Ora lui mi rispetta e mi considera suo amico.

Se questo primo passaggio si è concluso in modo positivo, si preannuncia un nuovo pericolo: penso che una mente criminale ambisca al potere assoluto e voglia eliminare Yanoda a tradimento. Nel disegno l'ho raffigurato come un lupo che azzanna il drago alle spalle."

"La cosa non preannuncia nulla di buono," affermò la Badessa aggrottando la rugosa fronte, "il drago che hai incontrato si è ravveduto, di certo non lo farà il violento *Lupus Griseus*.

Lo intravidi in una visione mentre stendeva su alcuni governanti una tenebra di tristezza, portandoli ad una decisione terribile."

"È proprio ciò che temo! Il Lupo Grigio si sta alleando con leader intenzionati ad usare armi micidiali," convenne Lion.

Hildegard annuì. "I tuoi timori sono fondati: le sue parole, piene di orgoglio, infetteranno le menti di molti.

Sono rabbrividita per la follia del suo mordere, sostenuta da discorsi razionali, ma lontani da ogni logica umana!

Durante un mio viaggio sono inorridita per le atrocità commesse dal Lupo Grigio, ho annusato il fetore della sua crudeltà, emanato dai cadaveri in putrefazione, lasciati all'aria senza onorata sepoltura.

Tutte le creature, uomini ed animali, verranno improvvisamente sballottate e tutto ciò che è nell'aria, nell'acqua e nella terra renderà la vita mortale."

"È questo il tempo in cui collasseranno le tue terribili visioni?" A Lion sembrava proprio che Hildegard avesse prefigurato un imminente scenario apocalittico originato da una guerra nucleare.

"Né il tempo né il momento possono essere conosciuti su questo argomento, ma sappi che per coloro che rispettano l'uomo e la natura si prospetta un'ultima visione finale molto allettante.

Datti da fare, tu non restare con le mani in mano, sperando non succeda nulla. Trova il modo di intervenire: *c'è uno specchio speciale dell'occhio di Dio in ogni uomo retto.* Non a caso nel tuo disegno profetico hai inserito un giovane che regge uno specchio convesso e grazie ad esso svela le trame oscure che le bestie tessono nell'ombra. Quel giovane sei tu!"

"Non mi ci vedo nel ruolo di eletto che compie prodigi," si schernì Lion.

"Infatti il giovane che hai disegnato non guarda la luce

divina, volge il capo altrove, ma in ogni caso fa tutto ciò che va fatto! Il messaggio è chiaro: non devi mica diventar santo per scongiurare il pericolo imminente.

Non restare in disparte a guardare che il giardino affidatoci venga ridotto a terra arida, se non vuoi che le future generazioni abitino tra mura cadenti e piante secche che non danno cibo.

Metti a fuoco il piano distruttivo del Lupo Grigio, leggi il tuo disegno come fosse scrittura.

Nostra dimora è la terra: scongiura la desolazione che hai prefigurato nel giardino devastato!"

Dopo l'ultimo accorato incitamento la Badessa gli fece un cenno di saluto; apprestandosi a rientrare a Bingen in tempo per le lodi mattutine.

Lion la trattenne un ultimo istante. "La donna che ti ho mandato per dirti che volevo incontrarti è ancora nel tuo monastero?"

"Lei voleva rimanere. A malincuore le ho detto che non poteva restare, avremmo perso la pace! Dopo che la intravide l'ortolano che mi procura le erbe officiali, si sparse la voce della sua presenza e da tutto il circondario venne gente per incontrarla anche solo per un attimo."

"Spero riesca a ritrovare la strada verso casa," pensò Lion mentre salutava Hildegard, che negli spostamenti era precisa ed imbattibile.

Il pensiero di Lei che vagava da sola nel tempo e nello spazio, lontano dalla sua abituale cornice, gli procurò un feroce mal di testa, che lo costrinse ad affrettare il passo verso il letto.

Il sonno tardava ad arrivare, Lion non riusciva a

comprendere l'esortazione che Hildegard gli aveva rivolto.

"Che voleva intendere quando mi supplicava di mettere a fuoco il piano del Lupo Grigio grazie al mio disegno? Lo devo stampare e bruciare? Posso provarci subito!"

Lion scese dal letto e si recò nello studio del piano terra. Aveva osservato Sophia mentre utilizzava la stampante per avere il cartaceo di una ricetta presa dal web, perciò in pochi passaggi riuscì a fissare su un foglio il suo disegno *Lo specchio convesso*.

Si diresse al camino per dargli fuoco, ma poi ci ripensò.

"Otterrei solo cenere, devo comprendere meglio le parole di Hildegard! Mi ha detto di leggerlo come fosse un mio scritto. Io scrivo da destra verso sinistra, per comprendere il senso delle mie parole bisogna servirsi di uno specchio!"

Lion fece scorrere uno specchio sul suo disegno, finché vide comparire un uomo assiso su un trono, che con piglio da dominatore dirigeva due scudi: il primo verso oriente, il secondo verso occidente.

Il messaggio era chiaro: il Lupo Grigio ambiva al dominio di tutta la terra!

25

L'UOMO NELL'OMBRA

Piazzale della gioielleria Diamonds, Austin, Texas

Chi si appresta a vivere una serata in piacevole compagnia è pervaso da una leggera euforia che lo porta ad essere disattento.

Dopo aver parcheggiato nel piazzale posto a lato della gioielleria *Diamonds*, Bry scese dall'auto con lo scatolone contenente le prelibatezze ritirate in rosticceria.

Non fece caso all'uomo appoggiato contro la vetrina laterale della gioielleria, ne percepì la presenza dal fumo bianco che copriva il suo volto e dalla linea curva che la sigaretta accesa disegnava con regolarità.

Bry si diresse verso l'ampia vetrata d'ingresso, pregustando l'abbraccio di Isabel e la nuova vita che si spalancava davanti a lui.

Stando attento a reggere con il palmo della mano sinistra la scatola, Bry alzò l'indice per suonare il campanello dell'attico.

L'uomo buttò a terra la sigaretta e vi passò con forza un

piede, poi emerse dall'ombra, aprì la giacca e sfilò dal fodero la pistola semiautomatica.

"Professor Bryson!" urlò squarciando il silenzio.

Bry si girò di scatto, giusto in tempo per ricevere un proiettile sul petto. Stramazzò sui gradini, mandando all'aria lo scatolone che ricadendo si aprì: tutto quello che conteneva si sparpagliò a terra.

L'uomo con la pistola si diresse verso Bry, allungò il braccio per imprimere il colpo di grazia, ma venne distolto dal rumore di un furgone blindato che entrava nel piazzale con a bordo due guardie giurate che dovevano effettuare una consegna di preziosi.

Quella che occupava il lato passeggero si attivò prontamente, scese dal veicolo in movimento con l'arma in pugno e sparò un colpo in aria a scopo intimidatorio.

Il malvivente si coprì il volto per non essere accecato dagli abbaglianti ed esplose un colpo ad altezza uomo, che raggiunse il mezzo, risparmiando per un pelo l'agente portavalori.

Il criminale imboccò un viottolo laterale e si dileguò.

Nel piazzale si susseguirono attimi di grande concitazione, l'autista del blindato allertò immediatamente il pronto soccorso specificando che un ferito da arma da fuoco giaceva a terra. Subito dopo avvertì la polizia.

L'altra guardia giurata rimise l'arma nel fodero e si avvicinò all'uomo che giaceva a terra per prestargli soccorso.

"Mi sente?" gli urlò, ma non ricevette risposta. Evitò di spostarlo per non aggravare la situazione, si limitò a constatare che le vie aeree non fossero ostruite e che nel polso vi fosse battito cardiaco.

Nel frattempo Isabel si era allarmata avendo udito lo scampanellio e subito dopo dei colpi d'arma da fuoco. Si diresse al terrazzo per sbirciare in basso oltre il fogliame rigoglioso. Intravide Bry a terra e si precipitò verso l'ascensore. Appena fuori si inginocchiò accanto a lui, prese a supplicarlo di non andar via di nuovo, proprio ora che l'aveva ritrovato.

L'ambulanza e la polizia arrivarono a sirene spiegate quasi contemporaneamente. Gli agenti allontanarono i curiosi che sbirciavano la scena dalla strada principale.

Il personale medico, dopo aver accertato che il ferito respirava, lo caricò sull'ambulanza insieme ad Isabel, che aveva asserito di essere sua moglie.

Un poliziotto interrogò a lungo l'agente portavalori che dichiarò di non essere in grado di riconoscere l'aggressore, poiché si era portato una mano al viso per evitare la luce dei fari, asserì inoltre di essere lui il vero destinatario dell'agguato.

"A volte effettuo la consegna in borghese, la mia valigetta ha le stesse dimensioni del portavivande del signore gravemente ferito. Il delinquente lo avrà scambiato per me, dato che suono al proprietario della gioielleria che abita in un appartamento dell'attico, per farlo scendere."

Sul luogo si portò anche il reporter di un'emittente locale per intervistare la guardia giurata, che si profuse in un racconto ben più pittoresco rispetto alla scarna deposizione resa al poliziotto. Descrisse una scena da profondo far west con colluttazione ed inseguimento.

L'operatore video lo inquadrò per tutta la durata

dell'intervista. Successivamente effettuò le riprese da inserire in fase di montaggio per rendere più movimentato il pezzo: con lo zoom si soffermò sulla rientranza circolare causata dal proiettile e sugli invitanti manicaretti sparsi lungo la scalinata.

"Che peccato, non c'è nemmeno una chiazza di sangue da riprendere," disse sconsolato il reporter.

26

L'ALTRA VERITÀ

Fattoria di Sophia nei pressi di Austin, Texas
Colorado Healthcare, Austin, Texas

Come d'abitudine, Sophia si mise a preparare la colazione dopo essersi sintonizzata su di una emittente locale che trasmetteva musica ed informazione.

Poco dopo Lion scese le scale e si sistemò a tavola.

"Strano che Bry tardi a venire, è sempre mattiniero," disse la donna.

Lion si affacciò alla finestra e vide che accanto al capanno non era parcheggiata l'auto che il professore utilizzava per spostarsi. Ipotizzò che si fosse fermato da Isabel. "Avrà bevuto uno dei drink micidiali che prepara la tua amica ed ha evitato di mettersi alla guida."

Sophia scosse il capo. "Lui è sempre molto corretto. Ieri, per esempio, mi ha inviato un messaggio per avvertirmi che non sareste stati a colazione."

Il brano musicale in onda sfumò e partì la sigla del telegiornale locale. "Buongiorno Austin! Kelly vi augura

218

una splendida mattinata dalla vostra emittente preferita *Today's mood*. Oggi è una magnifica giornata da trascorrere all'aria aperta, la temperatura è gradevole e l'umidità è a livelli accettabili.

Passiamo all'informazione: ieri sera, in pieno centro, scene da profondo far west con sparatoria, colluttazione ed inseguimento: un malvivente ha tentato di compiere un furto ai danni dell'agente portavalori che stava effettuando una consegna di preziosi alla gioielleria *Diamonds*.

Contro la guardia giurata sono stati esplosi diversi colpi di pistola, che per fortuna si sono conficcati nel furgone blindato. L'agente si è lanciato contro l'uomo, che è riuscito a divincolarsi per poi dileguarsi. Durante la colluttazione una pallottola vagante, partita dalla pistola del malvivente, ha raggiunto un inquilino del palazzo limitrofo che stava rientrando in casa con del cibo da asporto. È stato prontamente soccorso, attualmente si trova in una stanza di rianimazione al *Colorado Healthcare*. Le sue condizioni sono parse critiche, appena ritornerà vigile sarà interrogato. Restate sintonizzati per conoscere gli ulteriori sviluppi del caso, le notizie passano prima da noi!"

Sophia abbassò il volume e compose il numero del professore; una soave voce femminile comunicò che il numero non era raggiungibile. Provò a rintracciare la sua amica, ma il telefono risultò occupato.

"L'attico di Isabel affaccia sulla vetrina laterale della gioielleria *Diamonds*," esclamò allarmata, "dobbiamo raggiungere subito l'ospedale."

Nella reception vennero accolti da una sorridente signorina che confermò la presenza dell'uomo colpito da un colpo di pistola, specificò che non era orario di visita, ma data l'eccezionalità della situazione poteva far salire in stanza un parente stretto.

"Sono suo figlio!" affermò Lion prevenendo Sophia, che gli lanciò uno sguardo perplesso. Lui non si scompose, anzi fece la faccia tosta, del resto Bry si era arrogato il merito di averlo ricondotto sulla terra.

Prima che Lion si dirigesse all'ascensore la donna gli appuntò il suo numero di cellulare imponendogli di chiamarla appena possibile.

Davanti la porta del ricoverato c'era Isabel, con il volto palesemente contrariato, intenta ad effettuare una telefonata. Premette il tasto mute e bloccò Lion: "Dobbiamo aspettare fuori, stanno riempiendo il foglio finale." La donna aggiunse che doveva concludere una telefonata urgente: "Scusa sto prendendo accordi con la *Ditta del caro estinto*."

Lion sbiancò e guardò allibito la donna: possibile che stesse già attivando la società che aveva realizzato l'ologramma del suo defunto marito affinché ne predisponesse uno nuovo da mettere in salotto.

Li avrebbe fatti interagire tra loro?

Senza avere peli sulla lingua Lion sbottò: "Che ti manca un autunno te l'ho già detto quando hai tentato di avvelenarmi, ma ora stai esagerando! Che fai? Allerti la ditta del caro estinto per avere il suo ologramma sul divano! Già immagino il loquace Bry che tenta di avviare una conversazione con il tuo ex marito muto."

Guardando l'espressione allibita di Isabel, che lo fissava senza riuscire a parlare, si rese conto di aver esagerato.

"Scusami per quello che ho detto. So che gli volevi bene!

Del resto ogni epoca ha strane usanze, anche se le trovo di cattivo gusto. Avevo sedici anni nel 1468 quando mio nonno stava per morire; mio padre non perse tempo, oltre al prete mandò a chiamare un bravo artista affinché eseguisse il calco in gesso del suo caro volto prima che la morte lo irrigidisse troppo. Anche Dante Alighieri, il sommo poeta, ebbe un trattamento simile."

Nonostante le scuse Isabel non accennava a ricomporsi, anzi sgranò gli occhi e spalancò la bocca ancor più. Poi amorevolmente gli poggiò la mano sulla fronte. "Sei in preda al delirio, eppure non scotti. Hai fatto uso di qualche sostanza stupefacente? Non mi sembri il tipo che ama perdere il contatto con la realtà. Non bevi neppure!

Comunque non temere, appena usciamo da qui, io e Bry ti facciamo fare una visita al *Mental Hospital*, vi operano psichiatri di chiara fama, sono certa che ti faranno rinsavire."

"Tu e Bry mi accompagnerete? Dunque il professore è vivo?" chiese Lion.

Lei annuì e sorrise compiaciuta. "Mi ha detto che lo ha salvato il mio amore," disse Isabel sfilando dalla tasca il medaglione di Elvis, completamente deformato, "peccato che per il contraccolpo abbia battuto il capo ed abbia perso i sensi. Per fortuna è tutto a posto, stanno compilando il foglio di dimissione proprio ora."

"Se non sono indiscreto come mai stavi parlando con quella strana ditta del metaverso?" chiese Lion.

Isabel gli confidò che desiderava organizzare la convalescenza di Bry a casa sua. "Durante il giorno lo sistemerò in sala, dove c'è il maxischermo ed il magnifico panorama che si estende oltre il terrazzo fiorito, ma non posso imporgli anche la vista del mio ex marito che di tanto in tanto lo invita ad accomodarsi per tenergli compagnia!"

"Ti ho visto contrariata mentre eri al telefono," disse Lion.

"L'addetto con cui sto parlando afferma che ho fatto un contratto che mi obbliga ad usufruire dell'ologramma per l'intero anno. Volendo posso fargli cambiare espressione fornendo una foto frontale ed una di profilo, posso sostituire il file sonoro con un altro, purché di dimensioni simili al precedente o, applicando un piccolo supplemento, spostarlo in una stanza poco frequentata."

"Quest'ultima possibilità è da prendere in seria considerazione," asserì Lion.

Lei scosse il capo. "La zona giorno è un living completamente aperto. L'unica stanza defilata è il bagno della camera degli ospiti. Potrei sistemarlo lì, ma se ti invitassi a cena e ti offrissi uno dei miei drink e tu fossi costretto a fermarti per la notte, che situazione troveresti entrando in bagno?"

"Temi che un eventuale ospite possa avere un infarto, ascoltando la voce di un fantasma che lo fissa e lo invita ad accomodarsi sulla tazza. Non puoi sistemarlo altrove?"

"Nel garage sotterraneo ho solo il posto auto, però fuori città ho ancora il casolare dei nonni, che uso di rado. Mi hai dato una bella idea, ora chiedo all'addetto se è possibile spostarlo lì," disse Isabel ripremendo il tasto mute, "mi sente è ancora in linea?"

"E dove vuole che vada Signora mia," disse la piacevole e profonda voce maschile, "sono qui per soddisfare tutte le sue richieste, beh quasi tutte visto che sono un assistente virtuale dotato di Artificial Intelligence di ultima generazione.

La informo che ho ascoltato tutta la conversazione che ha avuto poco fa, evidentemente lei ha delle bellissime unghia lunghe, ma non sono il massimo per premere i tasti!

Ad ogni modo stia tranquilla, ho già provveduto a cancellare le parti non necessarie per la soluzione del suo problema, conserverò in memoria solo quelle necessarie per verificare la customer satisfaction.

Precisato ciò, le confermo che manderò un nostro addetto in carne e ossa per rimuovere il nostro impianto e spostarlo dove più le aggrada. Fra quanto può raggiungerla?"

Isabel disse che a breve si sarebbe fatta trovare in casa.

"Perfetto allerto il nostro tecnico. Gli consegni il file contenente le variazioni che intende apportare e gli indichi il posto in cui intende rimontare l'impianto. In meno di mezz'ora sarà fatto tutto il lavoro, senza arrecare il minimo danno al suo living room."

Dalla stanza uscì l'equipe medica; un infermiere avvicinò Isabel e la informò che il foglio di dimissioni sarebbe stato disponibile a breve.

Isabel si affacciò alla porta, vide che Bry s'era assopito e sussurrò a Lion: "Lasciamolo riposare, questa notte lo hanno sottoposto a diversi esami. Torno a casa per incontrare il tecnico, nel frattempo puoi restare con lui?"

Lion fece un cenno di assenso, poi le disse: "In sala d'attesa c'è Sophia, tranquillizzala. Inoltre devo darti alcune disposizioni, ti prego, eseguile senza chiedere spiegazioni."

Si incamminarono verso l'ascensore intanto che Lion le parlava fitto.

"Non so cosa ti frulla per la testa, ma farò tutto ciò che dici, sei il mio genio preferito dopo Bry," affermò la donna mentre gli arruffava i capelli.

Quando la porta dell'ascensore si aprì, comparve l'agente Myles che vedendoli sereni mutò all'istante l'espressione corrucciata che aveva sul viso. "Ho saputo della sparatoria solo questa mattina. A quanto pare lo hanno rimesso in sesto!"

Myles ed Isabel si salutarono con un lieve sorriso, celando il reciproco imbarazzo.

Prima di entrare in camera Lion trattenne Myles per un braccio. "Il professore ha bisogno di riposo, ti informo io sulle sue condizioni."

Dopo avergli comunicato che sarebbe stato dimesso a breve e che lo avrebbe potuto accompagnare a casa di Isabel, Lion lo apostrofò con tono perentorio: "Vuoi catturare il vero colpevole che ha organizzato la truffa, ha eliminato Myskin, il suo produttore e probabilmente anche Eric? È lo stesso individuo che ieri sera ha cercato di far tacere per sempre Bry!”

“Ma cosa stai dicendo? Myskin si è rifugiato all’estero, Eric e Malcolm hanno avuto un incidente e Bry si è trovato per caso nel posto sbagliato al momento sbagliato!”

Lion scosse il capo e disse: “Esistono molte versioni parziali di un fatto, ma al di sopra di tutte c’è n’è una sola: quella effettiva!

Dietro questa vicenda c’è un’unica mente perversa: tu non hai mai sentito parlare del *Lupus Griseus*, ma c’è ed agisce nell’ombra.”

Il detective lo interruppe, ritenendo inverosimile le sue asserzioni. “Non mi dire che credi nell’esistenza dei lupi mannari… e poi ieri notte non c’era nemmeno la luna piena.”

“Purtroppo ci si rende conto che il Lupo Grigio è in mezzo a noi, solo quando iniziamo a vedere cosa combina,” affermò Lion alzando le spalle, “il fatto che non sia un essere mostruoso non deve tranquillizzarti: il nostro Lupo Grigio pare sia un bell’uomo, ma ciò non toglie che abbia una mente diabolica.”

Myles domandò a Lion se conoscesse questo fantomatico Lupo Grigio.

“Non l’ho mai visto in faccia, ma so per certo che esiste e che oggi lo incontrerò. La mia amica Hildegard ne ha parlato nel suo libro, io l’ho raffigurato nel mio disegno *Lo specchio convesso*; anche Bry sa molte cose su di lui, ma non lo vuole ammettere. Fra poche ore potrai catturare il Lupo Grigio se eseguirai per filo e per segno tutto quello che ti dirò!"

Lion enunciò gli elementi irrisolti, presenti nel caso appena chiuso, per convincere Myles a dargli una mano.

"La tua ricostruzione dei fatti è così circostanziata che ho deciso di assecondare ogni tua richiesta," convenne il detective, "trovo assai strano che tu non conosca l'individuo di cui tratteggi la personalità così fedelmente."

Lion alzò le spalle, ma mentre scendeva con l'ascensore, cominciò a mettere insieme tutti i tasselli di cui disponeva per individuare chi fosse il misterioso dottore che aveva terrorizzato il professore. Doveva essere dotato di una personalità ambigua: si presentava come un giovane piacevole, ma non esitava a togliere di mezzo chiunque volesse contrastarlo. Sapeva che era stato assunto da qualche mese nella clinica di Cambridge dove lavorava Katherine.

Lion ebbe una folgorazione, non poté fare a meno di ricollegarlo a Jean-Pierre, il giovane collega di Katherine che l'aveva fatta innamorare per poi tradirla alla prima occasione che gli si era presentata. Solo un essere infido non si sarebbe fatto scrupolo di far lacrimare gli occhi della sua cara amica.

27

LA CATTURA

Colorado Healthcare, Austin, Texas

"Buongiorno Austin! Kelly vi augura una splendida mattinata dalla vostra emittente preferita *Today's mood*: il sole splende, giornata perfetta per un giro in canoa o un'escursione al Mount Bonnell per una piacevole passeggiata sui sentieri del belvedere.

Veniamo alle notizie di oggi. In mattinata il bellissimo e bravissimo detective Myles - scusate mi sono lasciata prendere la mano - risponderà alle domande sulla sicurezza notturna della nostra effervescente città. Sembra che l'amministrazione cittadina abbia intenzione di prendere nuove misure affinché la movida si svolga in totale sicurezza. La voglia di divertimento verrà salvaguardata e le esigenze di difesa saranno rispettate aumentando l'attenzione su chi non riesce a bloccare gli impulsi turbolenti nella fondina di cuoio.

L'incontro, riservato ai soli giornalisti, avrà luogo alle ore dodici nel salone del *Colorado Healthcare*, poiché subito dopo il detective Myles si recherà nella stanza del signore che l'altra notte è rimasto accidentalmente ferito durante la tentata rapina all'agente portavalori della gioielleria *Diamonds*. I sanitari gli hanno accordato una visita di soli cinque minuti per non affaticare il paziente. Il detective si è detto fiducioso, anche brevi informazioni gli permetteranno di risalire all'identità del malvivente.

Vi avverto che non annuncerò i prossimi brani musicali, li conoscete già e siete bravissimi ad individuarli, io oggi non posso proprio restare in studio! Devo recarmi dal direttore per supplicarlo di mandarmi ad intervistare il mio detective preferito. Buona giornata Austin!"

Come comunicato dall'intraprendente giornalista, il detective Myles avviò l'incontro con la stampa all'orario convenuto nel salone del *Colorado Healthcare*, normalmente utilizzato per conferenze di tipo scientifico.

Il giovane dottore varcò l'ingresso della clinica insieme ai giornalisti ritardatari. Indossava un camice bianco, lasciato volutamente socchiuso per mostrare la camicia celeste e la cravatta di seta pregiata.

A testa alta raggiunse il bancone e si avvicinò alla receptionist più carina, sfoderando un sorriso da star hollywoodiana sul viso perfettamente abbronzato.

La fissò senza mostrare alcuna fretta, poi si decise a parlare: "Mi attende il Chief Medical Officer per un consulto. Temo di aver dimenticato il numero della stanza del paziente ferito da un colpo di pistola, può trovarmelo?

Intanto che lo cerca, potrebbe darmi un'altra informazione di gran lunga più importante: a che ora stacca questa sera? Sono nuovo in città ed amo cenare in bella compagnia.”

“Le fornisco il numero della stanza,” disse la donna con gentilezza, poi precisò di essere già fidanzata.

“Per me non è un problema,” la incalzò il giovane lanciandole uno sguardo intrigante.

“Potrebbe esserlo, l’hobby preferito del mio attuale ragazzo è la boxe,” affermò lei di rimando, ricambiando il sorriso.

Lasciata con rammarico la difficile preda, il dottore percorse il lungo corridoio, lanciò un’occhiata oltre la vetrata del salone delle conferenze e si diresse agli ascensori.

Il detective Myles aveva terminato di leggere il comunicato e si apprestava a concedere un’intervista alla emozionatissima giornalista Kelly, inviata della emittente radiotelevisiva *Today’s mood*. Il cameramen era indeciso sul posto in cui collocare l’intervistato. Infine aprì una porta finestra ed optò per il bel giardino.

L’ascensore si svuotò mano a mano che saliva, il dottore raggiunse da solo il piano indicatogli. La porta si aprì, sbirciò a destra e a sinistra, intravide un leggero movimento in fondo al corridoio, ma davanti a lui non trovò nessuno.

Quando entrò nella stanza si meravigliò di trovare il letto vuoto. Il paziente era su una sedia a rotelle intento a sfogliare le pagine di un tablet.

Il giovane riconobbe l’uomo, anche se aveva il capo chino, si trattava proprio del professor Bryson. Fece altri due passi, scansò il lato destro del camice ed estrasse la pistola munita di silenziatore. “Non c’è due senza tre, ma questa volta non mi sfuggirai!” disse tra sé, prendendo con calma la mira.

Proprio mentre tendeva il braccio, il professore ebbe un lieve sussulto, alzò il capo, poi disse con voce che non tradiva nessuna emozione: "Accomodati e conversiamo!"

"C'è poco da dire, la tua presenza è indesiderata!" esclamò a voce alta il giovane, prima di esplodere un colpo diretto al cuore. Il professore ebbe un sussulto, poi riprese a parlare con voce tranquilla: "Accomodati e conversiamo!"

Stupito, il dottore mirò alla testa ritenendo che così facendo il giubbetto antiproiettile, che evidentemente indossava, non avrebbe potuto proteggerlo.

Dopo il colpo il professore abbassò il capo, ma non si accasciò al suolo, come se nulla fosse si mise a sfogliare le pagine del tablet, per proseguire la lettura.

"Ma che cazzo succede?" imprecò il giovane dottore, contraendo i bei lineamenti del viso in una smorfia di disappunto.

Avvertì la presenza di altre persone, con la coda dell'occhio vide diversi agenti che lo circondavano puntandogli le armi contro. Il dottore comprese di non poter opporre resistenza e si lasciò disarmare.

Lo raggiunse la voce di Lion: "Pensi di essere il solo a saper giocare con gli ologrammi? Quello che hai fatto realizzare per simulare l'implosione di Myskin è molto più accurato, ci devi scusare se non abbiamo potuto inserire nemmeno uno schizzo di sangue! Per realizzare questo ologramma ci siamo serviti di uno esistente al quale abbiamo modificato solo il viso. Non hai notato che la pronuncia non è di un inglese, ma ha una inflessione decisamente americana!

Bye bye dottor Jean-Pierre, tra poco salirà il detective Myles e ti sbatterà in prigione e butterà la chiave nel fiume Colorado."

Il giovane si meravigliò che Lion conoscesse il suo nome, ma poi si mise a ridere forte scioccando i poliziotti, infine disse: "E qual è l'accusa nei miei confronti?"

"Hai tentato di uccidere il professor Bryson diverse volte, di questo ultimo tuo tentativo abbiamo la registrazione video," disse Lion.

"In questa stanza non vedo alcun professore, ma solo un fastidioso, stupido ologramma, che guardatelo… sta meglio di prima! Mentre mi lanciavi i tuoi anatemi lui ha letto altre sei pagine del suo ebook!" si limitò ad asserire il giovane.

Nel frattempo sopraggiunse il detective Myles che sfilò l'auricolare che gli aveva permesso di ascoltare tutto quello che era successo in stanza. Myles prese in disparte Lion e con voce sconsolata asserì: "Per il suo strano comportamento posso tenere il tuo Lupo Grigio in custodia e farlo restare dietro le sbarre un po' di tempo, ritenendolo un soggetto pericoloso, ma poi avrà luogo il processo, che non porterà ad una condanna."

Lion lo guardò con aria delusa e stupita, perciò Myles fu costretto a spiegargli meglio la situazione: "Tu hai fatto del tuo meglio per incastrare il Lupo Grigio! Hai predisposto il messaggio giusto da consegnare ai media per attirarlo nella trappola. Quando mi sono recato alla reception per fare in modo che il personale lo lasciasse passare, mi hai fatto presente che dovevo avvertire solo la receptionist più carina.

Per me hai ricostruito un quadro molto convincente dei crimini di cui si è macchiato, io ti credo, tuttavia a suo carico non ho nemmeno uno straccio di prova!

Poco fa ha colpito un ologramma, ma un bravo avvocato riuscirà a tirare il giudice e l'opinione pubblica dalla sua parte: in molti sono stufi di essere circondati da ologrammi simili a persone reali, proprio come ha affermato lui.

Non ci sono elementi che lo collegano all'aiuto regista, a Myskin ed al suo produttore. Non posso nemmeno incolparlo del tentato omicidio, avvenuto davanti la gioielleria. Le guardie giurate non sono riuscite a fornire un identikit del malvivente, si è coperto il viso con la mano per non venire accecato dai fari abbaglianti. Infine l'arma utilizzata in quella occasione non è la stessa che ha adoperato poco fa. Quello che è successo in questa stanza non presenta alcun punto di collegamento con i fatti di ieri sera e con la truffa del cantante!"

"Sono certo che Bry lo ha visto e riconosciuto," asserì Lion.

Myles scosse il capo: "Dopo le dimissioni, mentre lo accompagnavo a casa di Isabel, mi ha detto che l'uomo che lo ha colpito era nell'ombra. Si rifiuta di incontrarlo, dichiara di aver percepito solo la sua presenza.

Si è rabbuiato ed ha avuto un moto di disappunto quando l'ho informato che stavo predisponendo un piano ideato da te per incastrare il Lupo Grigio. Quando gli ho detto che avevo bisogno di alcune foto del suo viso per poter riconvertire l'ologramma ha scosso ripetutamente il capo. Isabel lo ha supplicato di darmi una mano e lui non si è potuto tirare indietro, a malincuore ha acconsentito a farsi fotografare. Si è tuttavia opposto a registrare il file audio da sostituire all'originale."

Lion si domandò come mai il professore non avesse voluto prestare la sua voce all'ologramma. Colui che gli aveva fatto del male aveva nome e cognome, era perfettamente individuabile, eppure si era rifiutato di indicarlo. Lion ricordò il messaggio premonitore che il professore gli aveva inviato mentre si trovava nella rosticceria: non voleva che le ombre del passato lo inseguissero, ora che aveva la possibilità di iniziare una nuova vita accanto alla persona amata.

Con il suo silenzio voleva inviare un messaggio allo scaltro ed inarrestabile Lupo Grigio: lui non lo avrebbe ostacolato a patto che lo lasciasse tranquillo nella sua nuova tana.

"Meglio muto che morto!" disse Lion con voce sarcastica, poi ripensò al suo disegno, *Lo specchio convesso*, e si convinse che il cinghiale che sbirciava la lotta in corso fosse proprio il professor Bryson: avrebbe potuto intervenire con autorevolezza, ma preferiva non venir coinvolto nella mischia.

Lion alzò le spalle, non poteva pretendere che un cinghiale, che per sua indole sta lontano dalle situazioni di pericolo, ruggisse come un leone.

All'improvviso il brillante e geniale professor Bry, con cui si era confrontato tante volte, divenne ai suoi occhi una figura squallida, evanescente come un ologramma. Ripensò ad una sua annotazione, che sembrava perfetta per esprimere ciò che provava: *"Chi non punisce il male, comanda che si faccia!"*

"Portatelo in centrale per formalizzare il fermo," ordinò Myles ai suoi uomini.

Il giovane in manette venne sospinto verso l'ascensore. Quando incrociò Lion, piegò il capo e gli sussurrò in un orecchio: "È inutile che tu ti dia tanto da fare, tornatene nel tuo angolo remoto, io avrò il dominio totale!"

Lion lo guardò con disprezzo e ribatté alla sua minaccia: "Il mondo non appartiene a chi se lo prende con la menzogna, la ferocia e l'astuzia, non riuscirai a fermare il cammino verso della civiltà!

Forse non sarò io, ma troverai sempre qualcuno che risveglierà la coscienza degli uomini."

28

L'OLOGRAMMA SENZIENTE
Fattoria di Sophia nei pressi di Austin, Texas

"Che bello! Sono contenta quando ogni cosa si colloca al posto giusto," disse Sophia mentre guidava l'auto verso casa.

L'espressione del viso della donna era così serena che Lion evitò di raccontarle i retroscena della vicenda.

"Adoro le storie d'amore a lieto fine," affermò lei per chiarire le sue parole, "Bry ed Isabel si sono ritrovati e ciò è avvenuto senza che Myles ne soffrisse. Il detective ha confessato ad Isabel di essersi preso una cotta per la vipera che lo ha morso."

"Il vero amore resiste al tempo e trasforma il veleno in miele!" chiosò Lion sorridendo.

"Le novità non finiscono qui; domani torneranno mio marito da New York e mio figlio dall'Inghilterra."

"Come mai Yanoda si trova lì, non era in Norvegia?" chiese Lion con curiosità.

"Forse non dovrei anticiparlo, ma sembra che abbia

trovato la donna giusta. Vuole farmela conoscere, mi ha pregato di trattarla bene poiché potrebbe non piacermi. Dice che è tanto affettuosa, ma non si lascia dominare da nessuno. Forse non sa che detesto le gatte morte, mi piacciono quelle con le fibrisse in allerta."

Dopo aver pranzato Lion si recò nel capanno, deciso a salutare Elio, visto che il giorno precedente era stato bloccato da Hildegard.

Elio non esitò un istante ed accettò il collegamento nel metaverso. In una frazione di secondo Lion si trovò in piedi accanto a lui.

"No, non sono nella mia casa di New York," disse il giovane sorridendo, "Stavo pensando proprio a te: tu non immagini nemmeno dove mi trovo!"

Lion guardò oltre il viso dell'amico e riconobbe la Sala 6 dell'Ala Denon. "Sei al Museo del Louvre?" chiese Lion con emozione.

"Certo! Non girarti, c'è una sorpresa per te, proprio alle tue spalle, ma prima ti voglio preparare. Devi sapere che di tanto in tanto il direttore del Louvre organizza degli eventi speciali per valorizzare il pezzo forte del museo, anche se non ne ha bisogno. Sai bene di chi sto parlando!

In passato ha persino messo in vendita delle esperienze che possono essere effettuate nella sala: un visitatore che è voluto restare davanti a Lei senza la teca di vetro ha sborsato la cifra di 80.000 euro.

Questa volta ha ideato una cosa ancora più spettacolare che sta facendo impazzire tutti: ha predisposto una installazione semplicissima, ma di grande effetto.

Hai presente la tua tavola? Ora lei non c'è più, si vede

solo il paesaggio. I critici che hanno potuto osservarla da vicino concordano che sia proprio la tua tavola. Il direttore si è rifiutato di rivelare come siano riusciti ad ottenere questo particolare effetto ottico. Non è finita qui: ha incaricato una ditta, che si occupa di realtà aumentata e di arte virtuale, di preparare un fedelissimo ologramma della donna che stava nel dipinto.

Per farla breve accanto al paesaggio i visitatori possono ammirarla comodamente seduta sul suo scranno, come fosse una donna reale. Le uniche differenze riscontrabili sono la mancanza delle screpolature, poiché ha un incarnato giovane e naturale, e la presenza di due bellissime gambe, almeno stando a quanto dichiarato da un visitatore che si era chinato per raccogliere gli occhiali che erano caduti sotto la sua gonna.

C'è una sorpresa ulteriore: Lei parla! Di solito gli ologrammi delle installazioni eseguono lo stesso loop con varianti minimi, Lei invece muove le labbra e risponde alle domande che le vengono rivolte. Il direttore mantiene il riserbo, ma in molti sostengono che l'ologramma sia collegato ad un computer quantico che custodisce tutte le informazioni che la riguardano e che può usufruire di un sofisticato *Language Model for Dialogue Applications*. I primi giorni l'ologramma era in grado di affrontare una conversazione semplice con un linguaggio molto naturale tramite *chatbot*, ossia un software che riusciva ad imitare le sfumature di una voce femminile. Archiviata la fase di autoapprendimento, Lei ha sorpreso tutti, non solo per la pertinenza delle risposte, ma per la mobilità delle sue espressioni, si accordano perfettamente con ciò che dice.

Qualcuno ha ipotizzato che l'intelligenza artificiale a cui è collegata sia diventata senziente: Lei non simula né elabora artificialmente, ma è pienamente consapevole della propria esistenza. Insomma questo ologramma dotato di intelligenza artificiale si comporta proprio come un'attrice reale."

"Sei fissato con il teatro! Se non ricordo male quando mi hai conosciuto mi hai scambiato per un attore ingaggiato per recitare il mio ruolo. Lei non ha bisogno di applicazioni tecnologiche per interagire e manifestare la sua presenza nel mondo! Piuttosto dimmi ci hai parlato?"

"Io no, sono al seguito di Bob Beau il critico culturale della *White Page Network* di New York, l'ho solo aiutato a predisporre la scaletta, che non è stata rispettata dato che Lei parla a ruota libera. Lui ha avuto il permesso di intervistarla a lungo, ora è dal direttore con il cameramen per completare il servizio che andrà in onda domani. Dovrei raggiungerli, ma sono certo che non si accorgeranno della mia assenza."

"Cosa le ha chiesto Bob Beau?"

"Hanno parlato di tante cose, ma il momento più intenso è stato quando si sono intrattenuti sulle vicende della sua vita, se così si può definire l'esistenza di un quadro. Ha confessato di aver provato la gioia più grande quando tu hai cacciato l'uomo che voleva portarla via dalla bottega, perché riteneva che Lei fosse il ritratto di sua moglie. Il momento più triste l'ha provato il mattino che non sei andato a salutarla, non ha mai accettato che tu l'abbia abbandonata, eppure era convinta che il vostro fosse un amore indissolubile. Gli occhi le sono diventati lucidi per la commozione ed il sorriso è sparito dal suo volto. Bob Beau ha cercato di rincuorarla, non era colpa tua se te ne eri andato: le persone muoiono. Lei ha sgranato gli occhi e gli ha chiesto: *cos'è la morte?*

Bob Beau si è trovato impreparato, l'ha guardata con aria basita ed ha farfugliato qualcosa di poco chiaro, che toglieremo in fase di montaggio."

"Non può comprendere un evento dal quale è immune," convenne Lion, "Lei partecipa della bellezza perenne che vibra nell'universo!"

"Poiché la risposta tardava ad arrivare, Lei si è ricomposta ed ha detto: *Lui tornerà e resterà al mio fianco per sempre!* Ora se vuoi puoi girarti verso di Lei."

Lion si voltò, Lei gli sorrise, come se l'avesse riconosciuto.

"Posso parlarle?"

Elio scosse la testa. "Lo vedi il vigilante fermo sulla porta? Da quando sei arrivato ci sta guardando con sospetto. Gli faccio cenno di avvicinarsi, gli chiederò se è disposto a chiudere un occhio."

"Per parlare con l'ologramma bisogna pagare un ticket e munirsi di un permesso speciale!" disse il vecchio custode.

"Quello che vede accanto a me è l'ologramma dell'autore del dipinto, non può fare un'eccezione?" supplicò Elio.

"Due ologrammi che parlano tra loro? Una cosa così strana non l'avevo mai vista. Non vorrete tirarmi qualche tiro mancino? Fra due giorni vado in pensione, non ho mai ricevuto un richiamo. Va bene, la situazione mi intenerisce, ma digli di far presto. Torno alla porta, se dovesse arrivare qualcuno vi faccio un cenno: interrompi il collegamento e fai sparire il tuo amico," impose deciso il vecchio custode.

Lion ringraziò Elio, pregandolo di allontanarsi.

Il giovane si rabbuiò. "Guarda che con Lei puoi scambiare solo qualche frase, non farti venire idee strane… inoltre ti faccio presente che sono molto discreto: una volta ho prestato il mio appartamento ad un amico che aveva rimediato una ragazza e nessuno l'ha mai saputo."

"Lasciaci soli, mi basta capire le sue intenzioni."

Elio ed il vecchio custode scrutarono i due ologrammi da lontano cercando di afferrare cosa si stessero dicendo. Lei gli puntò il dito contro come se lo stesse rimproverando, poi fece un chiaro cenno di diniego ed infine approvò le ultime parole di Lion accennando un sì col capo.

Dopo cinque minuti Lion si girò ed Elio lo raggiunse. "Cosa ti ha detto?"

"Mi ha rimproverato, è convinta che l'abbia trascurata. Domani notte tornerà nella sua cornice, non ha intenzione di lasciare questo posto. Qui si sente protetta, il direttore la circonda di mille premure."

"Ti ha fatto ingelosire, ci sei rimasto male?"

"Non posso esser geloso di chi la copre di attenzioni! Quanto a noi abbiamo raggiunto un accordo, le ho fatto una promessa che spero di poter mantenere," disse Lion con tono misterioso. I due amici si salutarono ed Elio interruppe il collegamento.

29

LA FIDANZATA

Sophia si alzò presto per sistemare la casa, poi iniziò a preparare il pranzo, desiderava che tutto fosse perfetto.

Lion si offrì di aiutarla, ma lei non volle interferenze. "Sei un tipo troppo creativo! Mi suggeriresti di apportare qualche variante alle mie collaudate ricette. Io uso il bilancino per stabilire le dosi giuste; oggi non posso rischiare di fare una brutta figura."

"Come preferisci," disse Lion; prese con sé Buddy ed uscì a passeggiare. La temperatura gradevole e la compagnia festosa del suo amico a quattro zampe gli fecero dimenticare il nervosismo che gli aveva comunicato Sophia, in ansia per l'arrivo della ragazza di Yanoda.

Raggiunta una radura alberata, si sdraiò sull'erba e Buddy lo imitò all'istante, con il muso a terra si mise a sbirciare una fila di formiche: portavano carichi più grandi di loro, eppure si muovevano leste, infine sparivano in una fessura del terreno.

Lion preferì alzare gli occhi al cielo come faceva da

bambino, quando sognava di poterlo solcare come gli uccelli. Le nuvole iniziarono ad invadere il blu intenso, scivolavano leggere, si separavano per poi incontrarsi di nuovo. Anche i pensieri di Lion cominciarono a fluire liberamente.

Si sentiva bene in quel posto, ma non poté fare a meno di venir assalito da un improvviso senso di estraneità. Aveva partecipato a tanti festeggiamenti, ne aveva organizzati tanti per i suoi mecenati, ma quella che si preannunciava in fattoria era una festa di famiglia piuttosto intima.

Come il professore, anche Lion aveva deciso di lasciare la casa, ma non sarebbe restato ad Austin. Per forza di cose, verso la nuova destinazione avrebbe dovuto condurlo Yanoda.

Un auto che percorreva il viale distolse Lion dai suoi pensieri, si alzò e rientrò in casa.

Sophia gli presentò suo marito Samuel, che si mostrò entusiasta di averlo come ospite e si concentrò totalmente su di lui, invece di ammorbarlo con il libro che aveva scritto e con il tour promozionale appena concluso.

L'uomo aveva un carattere solare, aperto alle novità, a differenza della moglie che era sospettosa.

La vera sorpresa arrivò allorché bussò alla porta Yanoda.

Lion strabuzzò gli occhi e disse: "Non posso credere ai miei occhi. Come puoi, Katherine, scegliere l'uomo più in vista sulla faccia della terra, che qualsiasi donna vorrebbe al suo fianco? Non avevi dichiarato che volevi ritagliarti una dimensione appartata con un uomo brutto che non avrebbe attirato lo sguardo di nessun altra?"

"Cosa sono queste sciocchezze, io sono la mamma di Yanoda, eppure conduco una vita semplicissima e solitaria. Sarà sufficiente imporre delle regole fin dall'inizio," intervenne Sophia, già conquistata dal viso pulito della ragazza, che era arrossita.

Yanoda rese ancora più buffa la situazione, non essendo sotto i riflettori di nessuna emittente, si scompigliò i capelli, strabuzzò gli occhi ed iniziò a fare dei versacci con la faccia.

"Katherine ha scelto bene," affermò con voce cavernosa, "sono l'uomo più mostruoso che lei abbia mai incontrato!"

Lei scoppiò a ridere e disse: "Tanto brutto non sei, ma in compenso, quando vuoi, sai esser divertente da far paura. Da quando ti ho conosciuto mi sembra d'esser tornata ai tempi dell'adolescenza, quando si rideva per un nonnulla."

"Beh allora sei proprio innamorata," affermò Lion con tono sapiente, "soddisfi la prima legge matematica dell'amore!"

"Ho studiato tanto, ma non mi sono imbattuta in questa regola, non potresti svelarmela?" supplicò Katherine.

"È semplicissima, afferma che l'amore dona a chi è innamorato tanta gioventù e un po' di sbadataggine!"

"Ma che mi dici di Yanoda?" chiese Katherine, "è mai possibile che sia veramente preso d'amore? Avrà apprezzato i lineamenti del mio viso, ma probabilmente non si è ancora reso conto che non ho un bel carattere. Io sono rigorosa fino al cavillo e sono testarda fino alla pesantezza. Sono affettuosa, ma pretendo molto dalle persone che ho accanto.”

Sophia intervenne prontamente per rincuorarla: “Certo che se ne è accorto, ha usato parole diverse, ma ti ha descritto proprio in questo modo orribile!”

Katherine scosse il capo. “Prima o poi mi troverà odiosa!”

“Non è detto, a quanto pare il sentimento che prova per te soddisfa la seconda legge matematica dell’amore,” asserì Lion con tono autorevole. Vedendo i volti attoniti dei presenti chiarì il suo pensiero: “L’amore dona leggerezza, vince su ogni cosa... ha persino la meglio sulla insostenibile gravezza di Katherine!”

Tutti scoppiarono a ridere, tranne la bella dottoressa che, furibonda, si alzò dalla sedia con l’intento di picchiarlo, ma Lion parò il colpo con un braccio.

Tornata la calma, il pranzo proseguì piacevolmente.

Dopo il dolce Sophia si mise a riordinare e Yanoda si intrattenne con Samuel per informarsi sul tour promozionale del suo libro.

Katherine manifestò il desiderio di visitare la fattoria che avrebbe iniziato a frequentare spesso. Samuel si mostrò entusiasta, ma poi scosse il capo e precisò che non erano obbligati a stabilirsi lì, non se la sentiva di imporre ai suoi futuri nipoti di vivere in un posto così isolato.

Sophia chiarì il concetto espresso dal marito: “Noi apprezziamo la solitudine, ma non vogliamo rovinare la vita di nessuno!”

Katherine sorrise, affermò che un bambino vi avrebbe trascorso un’infanzia magica.

“Questa fattoria è molto intima, ma la città è briosa,

pullula di hipster, musicisti ed artisti. Qualsiasi esigenza può essere soddisfatta ad Austin!” asserì Lion con convinzione, poi si offrì di accompagnarla nella visita della fattoria insieme all’immancabile Buddy, in modo da permettere a Yanoda di restare a parlare con i genitori.

“Scommetto che muori dalla curiosità di sapere come mai abbia preso in considerazione la corte di Yanoda,” disse la bella dottoressa, mentre toglieva i sandali per camminare sul prato cosparso di fiori di campo.

“Se devo attenermi alle tue parole, lui ha semplicemente bussato alla tua porta e tu gli hai aperto!” chiosò Lion, mettendosi a piedi nudi.

“Ora che mi ci fai pensare le cose sono andate proprio così. Stavo per aprire una scatoletta per il pranzo, quando ha suonato.

La cosa che mi ha colpito è che non mi ha portato un mazzo di rose o una collanina, ma un bustone con cose buone da mangiare. Non ha comportamenti standard, mostra una reale attenzione nei miei confronti.

Come sai ero prevenuta nei suoi confronti, lo trovavo borioso, ma è solo apparenza. Piuttosto dimmi, pensi che mi troverei bene se venissi a vivere qui? Ho l’impressione che Sophia non mi accetti del tutto.”

“Le donne innamorate vivono su una nuvola, poi conoscono la futura suocera e tornano sulla terra.

Nel tuo caso assisteremo ad un atterraggio morbido: Sophia può sembrar permalosa per quanto è sincera, ma è una donna intelligente ed affidabile, su cui si può contare, ti troverai bene con lei… e poi sarà un’ottima nonna!”

Lion cercava di trovare il momento opportuno per

riferirle del suo ex, ma poiché lei lo aveva completamente rimosso dai suoi pensieri, decise di parlarle con franchezza.

"Tocca anche a me riportarti con i piedi sulla terra: Jean-Pierre è qui ad Austin," le disse di getto, appena completarono di percorrere il campo di trifoglio violaceo che li aveva condotti ad un boschetto.

Katherine trasalì e si lasciò sfuggire a voce alta un'imprecazione che fece zittire i trilli dei tordi.

"Speravo di non incontrarlo più; mi aveva detto che avrebbe preso servizio a Miami, evidentemente qui ad Austin ha ricevuto una proposta più allettante, è un opportunista. Hai fatto bene ad avvertirmi, quando mi trasferirò starò molto attenta, eviterò di impiegarmi nella stessa clinica."

"Non devi preoccuparti, puoi scegliere qualsiasi sede, lui di certo non lavorerà qui, per un po' sarà ospite nella prigione di Travis County."

"Ha già ripreso a palpeggiare le pazienti sotto anestesia?" domandò allibita Katherine.

"La faccenda è un po' più grave, non si tratta di molestie sessuali; purtroppo uscirà molto presto, non ci sono prove per incastrarlo. Del suo comportamento criminale resterà solo un gesto che verrà considerato una bravata bizzarra, su cui scherzare."

Lei si mise a seguire con attenzione il resoconto dettagliato che Lion le fece. Poi lo ringraziò di averla informata, avrebbe riferito i fatti principali a Yanoda, affinché aumentasse la vigilanza durante gli incontri internazionali.

"C'è una qualche ragione che ti porta ad identificare

Jean-Pierre con il Lupo Grigio?" chiese la dottoressa con curiosità.

"Il lupo è presente in un mio vecchio disegno dal contenuto profetico," affermò Lion, "ci tengo a precisare che io apprezzo ogni animale. Mi servo di loro solo per descrivere vizi e virtù degli uomini."

"Ho compreso a quale disegno alludi: il suo significato è stato considerato indecifrabile, anche se sono state avanzate diverse interpretazioni.

Ora che mi hai esposto la situazione mi rimane facile identificare Jean-Pierre nel lupo che solca l'oceano per mirare al cuore dell'aquila reale che domina il mondo. La corona che il magnifico volatile ha sul capo è francese, di certo allude al luogo di nascita di Yanoda."

"Non ti seguo, nel mio disegno non ci sono aquile, potresti mostrarmelo?"

Sul display comparve l'immagine, Lion scosse il capo e le fece presente che lui si riferiva ad un'altra rappresentazione. "Ad ogni modo ho spesso simboleggiato nel lupo una persona ingorda e corrotta, il cui carattere malvagio non salta immediatamente alla vista. Il bellissimo ulivo nasconde il suo fascino ambiguo.

La doppiezza della sua personalità l'ho rammentata in un mio scritto: *"Uscirà dalle oscure e tenebrose spelonche chi metterà, con inganni, tradimenti e perfidie tutta l'umana specie in grandi affanni, pericoli e morte."*

Katherine annuì. "Ho compreso il messaggio che vuoi dare, tanto più che nella sua trappola ci son caduta anch'io, pur essendo molto accorta!

Non si può mai abbassare la guardia: una persona all'apparenza gradevole può nascondere la sua vera natura. Quando meno te lo aspetti, un Lupo Grigio sbuca dalla tana, scavata dai suoi tristi desideri, per provocar scompiglio."

Katherine pretese che Lion le mostrasse il disegno giusto e le illustrasse il significato delle bestie raffigurate, poi domandò se vi fosse pure lei.

"Nel disegno sono simboleggiate due donne, entrambe sono intervenute in mio favore: la badessa Hildegard è l'unicorno, mentre tu sei la gatta."

"Mi tieni in così poco conto," protestò Katherine.

Lion fu costretto a spiegarle che lui quel felino lo aveva sempre considerato un capolavoro della natura; appena l'ebbe rincuorata aggiunse: "La gatta che ho disegnato, di carezzarla non vien voglia, è scontrosa, inarca la schiena, arruffa il pelo ed agita minacciosa le lunghe fibrisse, osserva la scena e si tiene pronta ad intervenire se qualcosa non le quadra. Come vedi ho centrato in pieno il tuo carattere suscettibile.”

Per tutta risposta Katherine, seccata dal paragone irriguardoso, sospinse con forza la spalla di Lion, facendogli perdere l’equilibrio.

“Hai visto che ho ragione?” disse Lion steso sul prato.

“Cadi sovente in contraddizione,” replicò lei, “affermi che sono un capolavoro e poi mi offendi. La cosa non vale solo per me, ma anche per l’altra donna che hai raffigurato. Nei tuoi scritti critichi spesso i religiosi e poi apprezzi i consigli di una Badessa.”

“Io non sono prevenuto verso nessuno, ho stima di chi coltiva la dimensione spirituale, purché non rinneghi la propria umanità, detesto invece chi si serve della religione per raggiungere scopi personali o illeciti.

Quanto a te, sei perfetta come sei, elegante e complessa come una gatta; Yanoda è un uomo fortunato ad averti al suo fianco: lo aiuterai a fare chiarezza su molte cose.”

Katherine gli tese una mano per aiutarlo a rialzarsi, ma con uno strattone improvviso Lion la tirò in basso facendola cadere sul morbido prato viola.

Lui le si avvicinò e le chiese: “Ho provato attrazione per te fin dal primo momento che ti ho vista, rispetto la tua decisione, non voglio turbarti, ma puoi dirmi perché non hai mai assecondato il mio desiderio?”

Per nulla turbata Katherine si dispose su un fianco, reggendo la testa con una mano, precisò che in certi ambiti non si può pretendere una spiegazione razionale.

“Che mi desideri l’ho intuito, ma io non posso curare le tue ferite!”

“Scherzi? Sei una dottoressa bravissima,” asserì Lion

con convinzione, "e poi, a parte l'ematoma sulla spalla che mi hai procurato poco fa, sto in ottima forma."

"Tu vuoi conferma di ciò che già sai," disse Katherine mentre passava le sue dita sui capelli ribelli di Lion, in segno di affetto, "la bellezza ferisce, fa persino lacrimare, senza far male.

Tu sei un uomo libero, ma il tuo cuore non lo è. La prima domanda che mi hai rivolto è stata: *Lei dov'è?*

Lo smarrimento che ho letto sul tuo viso quando ti sei reso conto che non l'avevi accanto e l'intensità con cui la cercavi mi hanno fatto capire che non sarei mai stata la regina del tuo cuore. Con la mente non ti sei mai separato da Lei!"

La giornata volse al termine, venne il momento di ripartire; Lion chiese a Yanoda e Katherine se poteva unirsi a loro per tornare nel vecchio continente.

Dopo aver salutato Sophia, Samuel e Buddy ed averli ringraziati per l'ospitalità, Lion lasciò la bella fattoria.

"Ho un regalo per te," affermò Katherine durante lo spostamento in aereo, "in realtà ti riconsegno un oggetto che ti appartiene. È giusto che sia tu a custodirlo!

Non ho idea di come farai a conservare questa coppa munita di coperchio, è piccola, ma è pur sempre ingombrante.

Potresti trovarle una sistemazione in una cattedrale: qualsiasi vescovo farebbe salti di gioia per conservare il Santo Graal!"

"Le chiese e le cattedrali sono poco protette," le fece presente Lion, "vuoi che ti faccia l'elenco dei furti che sono stati commessi nei secoli a danno degli oggetti presenti nei luoghi sacri?

Non ti preoccupare per la coppa ed il fluido che contiene, nessuno metterà le mani sui preziosi codici: ho già in mente un'ottima collocazione."

30

IL NUOVO CUSTODE

Museo del Louvre, Ala Denon Sala 6

La giovane coppia era entrata nella sala 6 dell'Ala Denon all'orario di pranzo, svicolando tra le persone che si dirigevano verso l'uscita.

"Non dovevo assecondarti," sbraitò la donna, "avremmo dovuto invertire il nostro itinerario: ieri il Museo d'Orsay ed il Louvre ed oggi la Tour Eiffel!"

Lui tentò di spiegarle che si era adeguato alle previsioni del tempo: aveva preferito effettuare il tour all'aperto in pieno sole e non sotto l'acqua.

"Due gocce la chiami pioggia?" ironizzò lei, "nel frattempo questa notte hanno smantellato l'installazione che volevo vedere! Avrei preferito trascorrere il nostro breve viaggio di nozze al mare, se ti ho assecondato è solo perché mi avevi promesso che mi avresti fatto conversare con l'ologramma senziente. Questa sera scelgo io cosa fare nel dopocena: scorda il Moulin Rouge e le ballerine che sgambettano al suono del Cancan di Offenbach!"

Lui, armatosi di pazienza, la invitò a calmarsi. "Smettila di parlar forte, in questa sala regna il silenzio come in un tempio… e poi guarda c'è ancora lo scranno con una persona seduta, forse hanno solo cambiato personaggio."

"Oltre che sordo alle mie richieste sei pure cieco?" proruppe lei con voce stridula, "quello lì è il custode della sala, che si è accomodato per riposare, ora che c'è poca gente."

Per fronteggiare la veemenza della sposa che la stava infastidendo più delle scarpe strette che lei aveva scelto per lui durante lo shopping del giorno prima, il giovane propose di avvicinarsi al custode.

"L'installazione ha avuto un successo enorme, sicuramente la riproporranno. Chiediamogli se è stata fissata una data. Ti prometto che torneremo a Parigi per l'occasione."

Lo sposo concluse l'affermazione con una frase che tenne per sé: "A patto che staremo ancora insieme!"

Il custode si alzò dallo scranno e scosse il capo, poi precisò: "Lei è appena tornata al suo posto, non sono in programma spostamenti nell'immediato. Ci tengo a precisare che non siete sfortunati, oggi potete ammirarla nella sua condizione naturale e poi… non è muta, Lei parla anche quando sta zitta! Basta stare in silenzio e stabilire un contatto che vada oltre quello visivo.

Riguardo all'installazione, non vi sfugge nulla? Il direttore ne ha autorizzata un'altra, meno plateale, riservata a chi la sa individuare; ma si sa, solo chi cerca… infine trova!"

Attratti dalle parole misteriose del custode i due si

misero ad osservar meglio la teca di vetro. Fu allora che
videro una piccola coppa, munita di coperchio, poggiata in
basso. "Chissà cosa contiene, forse Lei ce lo svelerà."

Dopo un po' che erano restati in silenzio ad osservarla
i due si guardarono negli occhi. "Amor mio," sussurrò lei
con un tono di voce dolcissimo, velato dalla commozione,
"hai visto che meraviglia?"
   Il giovane aveva gli occhi lucidi e preferì tacere per non
far trapelare l'emozione che stava provando.

I due si presero per mano e ringraziarono il giovane
custode, che li aveva sollecitati ad andare oltre l'apparenza
delle cose.

"Tornate quando volete, mi ritroverete qui, ho iniziato
il servizio di custode proprio oggi," disse Lion sfoderando
il suo miglior sorriso, poi tornò accanto a Lei.

Quando l'amante è giunto all'amato, lì si riposa;
quando il peso è posato, lì si riposa.

Foto, disegni e dipinti presenti nel romanzo

Capitoli:

In copertina:

Lion, *il volto è tratto dal David del Verrocchio, che scolpì la statua
con le sue fattezze. L'opera è nel Museo del Bargello a Firenze*

Marchio del Seduttore, *il marchio è opera dell'autore della serie
"Lo specchio convesso"*

Anomalie nel metaverso, *elaborazione immaginaria da foto di
Anna Gravenkamp su Pexels e di iam_os su Unsplash*

In quarta di copertina:

Vedute di Austin, Texas

Il Dominatore, particolare dell'*Allegoria dello specchio convesso*
esaminato con l'ausilio di uno specchio, *disegno di Lion,
Département des Arts graphiques, Louvre, Parigi.
Una copia si trova al British Museum, Londra.*